산괴 2

산에 얽힌 기묘한 이야기

다나카 야스히로 지음 | 김수희 옮김

AK

산에 깃든 '모노'
어떤 때는 빛을 내며 허공을 헤매고
어떤 때는 덤불숲을 헤치며 여기저기 거닌다.
산에 깃든 '모노'
어떤 때는 오두막 벽을 뚫고 지나가고
어떤 때는 갈라지는 길에 가만히 멈춰서 있다.
산에 깃든 '모노'
어떤 때는 차갑게 주위를 감싸고
어떤 때는 끝까지 쫓아온다.
산에 깃든 '모노'
그 정체는 아무도 모른다.

목차

II 방황하는 영혼

III 숲의 포효

들어가며

어린 시절 나는 한밤중에 변소가기가 두려웠다. 어두침침한 오렌지 빛 전구는 푸세식 화장실 밑바닥을 무시무시한 존재로 만들어버린다. 정체모를 뭔가가 뛰쳐나온다기보다는, 오히려 내가 그곳으로 빨려 들어가 버릴 것 같은 공포를 느끼곤 했다.

어린 시절 나는 한밤중에 목욕탕 가기가 두려웠다. 캄캄한 아버지의 작업장을 관통해 목욕탕 전기를 켤 때까지, 그 몇 초 동안이 매일 매일 전쟁이었다. 따스한 욕조 안에 몸을 담그고 나서야 비로소 마음이 놓였지만, 전기를 끄고 다시 또 그 암흑 속으로 되돌아가야 한다는 사실을 떠올리면 우울해졌다.

어린 시절 나는 다다미(畳, 일본의 전통식 바닥재-역주) 여덟 장 크기의 커다란 방이 두려웠다. 천정 가까운 벽 위로 높다랗게 걸린 조부모나 전사하신 숙부님 사진과 혹여 눈이라도 마주치면, 어찌할 바를 몰라 당황했다. 그야말로 사방에서 나를 째려보는 것만 같았고, 방안 어디에 있어도 반드시 모두와 눈이 마주쳤다. 무표정한 인간의 시선만큼 무서운 것이 없다고 느꼈다.

적어도 과거에 살았던 시골집에서는 우리를 두려움으로 내모는 어둠이나 차가움이 존재했다. 아무도 없는 방안에서 누군가 걸어 다니는 발자국소리가 들리거나 느닷없이 미닫이문이 닫히는 소리를 들었다는 사람, 제법 많지 않을까? 깜짝 놀란 나머지 벌벌 떨면서 부모에게 이야기 해봐야 상대도 해주지 않는다. 대부분의 경우 이후 펼쳐지는 전개가 없기 때문에, 마치 영화처럼 끊임없이 공포가 계속 덮쳐오는 일은 거의 있을 수 없다. 그것은 그것대로 참으로 고맙기 그지없는 이야기다. 그렇다면 자그마한 공포의 정체는? 결국 명확하게 밝혀지지 않은 채 지나쳐버린다.

나를 공포심에 빠뜨렸던 생가와 달리 현대 주택은 밀폐성이 매우 높다. 외부와의 온도차나 습도를 효율적으로 컨트롤하고 있기 때문이다. 개구부를 최대한 작게 하고 외부 소리를 효율적으로 차단해주는 창문을 배치한 공간은 그야말로 비상 대피소의 역할도 한다. 이곳에 있으면 일 년 내내 일정한, 다시 말해 변화가 거의 없는 공기 안에서 살아갈 수 있다. 천정이 낮은 집안은 구석구석까지 환해 마치 비즈니스호텔을 연상시킨다. 따라서 왠지 모를 섬뜩함을 느끼게 해주는 요소는 전혀 없다. 현대인 대부분이 이런 주거 환경 안에서 살아가고 있다. 언뜻 보기에 매우 편리하고 더할 나위 없이 쾌적한 생활공간이지만, 한편으로는 인간이 본래 지니고 있던 본능을 오히려 잠들게 해버리고 있는 건 아닐까.

사람들이 산을 오르는 목적은 제각각 다르다. 정상을 목표로 오로지 오르기만 하는 사람, 제철을 맞이한 산나물이나 버섯을 캐러 덤불숲을 헤치고 들어가는 사람, 전설적인 거대 곤대매기를 발견하기 위해 계곡을 거슬러 올라가는 사람, 짐승을 쓰러뜨리기 위해 절벽을 기어오르는 사람, 산에서 일하기 위해 숲속을 넘나드는 사람,

그리고 스스로를 단련하기 위해 끊임없이 산속을 달리는 사람.

모든 행위들의 목적은 제각각 다르지만, 산속으로 스스로의 몸을 내던진다는 것은 매한가지다. 덥든 춥든, 비가 오든 태양이 내리쪼이든, 혼자든 여러 명이든 마찬가지다. 평소엔 고급 아파트에서 쾌적하게 살고, 밝은 오피스에서 일을 하는 현대인들도 막상 산속에 들어가면 순식간에 고대인과 똑같은 상황 속으로 내몰린다(물론 장비는 다르지만). 산은 평소 자신들이 생활하던 일상과 상당히 이질적이다. 너무 조용한 나머지 귀가 제멋대로 묘한 음을 주워오는 세계, 너무 어두운 나머지 그 어둠의 가장 깊숙한 곳을 물끄러미 들여다보고야 마는 세계. 그런 독특한 세계에서는 공기의 미묘한 변화나 코끝을 스치는 미세한 냄새에도 몸이 민감히 반응한다. 어둠 속에서 우두커니 서 있는 '모노[주1]'를 인지하고 몸이 굳어버리거나 덤불숲을 나아가는 형체 모를 '모노'에 자기도 모르게 시선이 멈춰버린다. 그런가 하면 지금까지 걷고 있었던 길이 느닷없이 사라져 숲에서 고립해버리거나 믿을 수 없을 정도로 훌륭한 건축물 안으로 발을 들여놓기도 한다. 모든 사람이 평등하게 무방비 상태인 숲 속에서, 적지 않은 사람이 이런 '산괴(山怪)'와 조우하게 된다.

산괴를 경험한 정도는 실로 다양하다. 말도 안 될 정도로 무시무

주1) 일본어 모노(モノ)는 요괴나 원령 등 신비한 영력을 가진 존재를 가리키는 일본어로 사용되는 경우가 있다. 아울러 미야자키 하야오(宮崎駿) 감독의 애니메이션 《모노노케 히메》를 통해 한국에도 잘 알려진 모노노케(物の怪)는 일본의 고전이나 민간신앙에서 사람에게 씌어 고통을 주거나 죽음에 이르게 한다고 여겨지던 원령, 사령, 생령(이키료) 등을 가리킨다. 이 책에서는 저자가 선택한 용어인 '모노'가 '산괴'라는 테마와 밀접한 관련을 지닌 키워드라고 판단하여, 일본어 '모노'의 원음을 그대로 살려 번역했다.

시한 일을 당한 사람이 있는가 하면 너무도 한가로운 한때를 보낸 사람도 있다. 사람들 각자의 체질이나 근성의 차이가 체험의 차이로 나타나는지도 모른다.

이 책에서는 기본적으로 전작인『산괴1』과 같은 방법으로 일본 각지를 돌며 이야기를 듣고 있다. 산간부에 사는 사람, 삼림벌채 작업에 종사하는 사람, 등산가, 그리고 엽사나 슈겐도(修験道, 혹독한 산악 수행으로 저명한 일본의 산악 종교-역주) 수행자에게 다양한 체험담을 듣고 있다. 어디쯤 신기한 이야기가 있을지, 전혀 예상할 수 없는 가운데 헤매던 취재는 결코 효율적이지 않았다. 혹자는 '뜬구름 잡는 이야기다'라며 웃어넘길지도 모르겠으나, 경우에 따라선 구름을 잡을 수 있을지도 모른다.

뜬구름 잡는 취재를 마치고 새삼 전작『산괴1』을 다시 읽어보니 산괴 이야기의 공통점이 떠올라 매우 흥미로웠다. 어쩌면 일본의 산들에는 이계로 통하는 문이 있을지도 모른다. 문의 위치는 각각 다르더라도 결국 도착할 곳이 똑같다면, 각지의 이야기에 공통점이 있다 해도 전혀 이상하지 않다. 개인적으로는 차마 그 문에 손대고 싶지 않지만…….

Ⅰ 마음이
술렁이는 산

핫코다산

핫코다산(八甲田山, 아오모리시[青森市]에 있는 다수의 화산들에 대한 총칭-역주) 주변에는 운치 있는 유명 온천이 많다. 예로부터 탕치(湯治, 온천을 통한 병의 치유-역주)로 유명한 지역으로 농한기에는 사람들로 북적거렸다. 근년에는 숨겨진 '비탕(秘湯, 오지에 있는 명천[名泉]-역주)'으로 인기를 모으고 있다. 그런 전통 료칸 중 하나인 야치온천(谷地温泉)의 지배인 시모야마 쇼이치(下山正一) 씨에게 들은 이야기다.

"집 바로 뒤가 산이거든요. 그곳에 사무라이가 묻혀 있는 장소가 있어요."

"사무라이요?"

"맞아요. 나도 잘은 모르지만, 살짝 숲으로 우거진 곳에 사무라이가 묻혀 있다더군요."

시모야마 씨가 초등학교에 다닐 무렵 그곳에서 친구와 놀고 있는데 푸르스름한 빛 덩어리가 나타났다. 어린아이 머리 크기 정도였는데 꼬리를 끌면서 나풀나풀 날아다녔다. 난생 처음 보는 '불구슬'에 순간적으로 영문을 잃고 있는데 주변 공기가 갑자기 차가워졌다. 두 사람은 느닷없이 계절과 무관한 '한기'를 느꼈다.

"경악 그 자체였어요. 무서워서 집으로 냅다 도망쳤답니다."

우리 집 뒤에 엄청난 '모노'가 있다며 흥분해서 부모님에게 이야기를 했더니……

"그런데 참 이상하더라고요. 전혀 놀라시질 않는 거예요. 아, 그

거? 하면서 가볍게 흘려버렸거든요."

어이가 없어진 아이들은 그것이 딱히 별스럽지 않은 '모노'라는 사실을 알게 되었다.

그리고 시간이 흘러 사무라이가 묻혔다던 언덕은 도로가 되었다. 공사가 진행될 때 수많은 뼈들이 나왔다고 한다.

*

다시로타이(田代平, 아오모리시에 있는 고층 습원-역주)의 찻집 할머니에게 들은 이야기다.

"신기한 일? 글쎄요, 생각나는 게 없네요. UFO라도 발견하고 싶은데 도무지 나오지 않네. 매일 매일 어디서 뭐라도 날라 오지 않을까 싶어서 하늘을 쳐다보거든요. 40년 넘도록. 그런데 도무지 아무것도 없네요."

할머니 본인은 신비로운 경험을 한 적이 전혀 없지만, 그 따님은 실로 기묘한 광경을 목격한 적이 있다고 한다. 너무나 근사한 보름달이 떴던 밤이었다. 아득히 저 멀리까지 달빛으로 물들어 너무나 아름다운 풍경이 펼쳐지고 있었다. 창문을 열고 다시로타이의 아름다움을 감상하고 있는데 검고 동그란 고리가 보였다.

"저게 뭔가 싶어서 바라보았더니 세상에, 까마귀였대요. 초원에 까마귀들이 어마어마하게 몰려와 아름다운 원을 그리면서 마냥 지저귀고 있었다더군."

달빛에 비춰진 까마귀들은 마치 서클댄스를 하는 것처럼 즐겁게 날아오르고 있었다고 한다.

"우리 딸 말로는 정말 신기했다더군."

한밤중의 행군

핫코다산(八甲田山)은 미스터리 핫스팟으로 매우 유명하다. 필시 1902년(메이지 35년)에 일어난 그 유명한 '핫코다산 동계 행군 조난사건'이 발단이 되었을 것이다. 인터넷에서 몇몇 비슷한 유형의 괴담을 찾아볼 수 있는데, 이번에 그와 전혀 다른 이야기를 듣게 되었다. 이 이야기는 현재도 영업 중인 시설에서 발생한 사건이기 때문에 장소와 명칭은 특정하지 않기로 하겠다.

*

핫코다산 기슭에 있는 숙박시설에서는 한밤중에 관내 여기저기 걸어 다니는 사람들의 인기척을 느낄 수 있었다. 그 자태를 보면 영락없이 메이지 시대의 육군 보병, 그야말로 눈 폭풍 속에서 갈팡질팡하던 조난자들이었다. 시설 종업원 대부분이 그들의 모습을 발견했지만, 신기하게도 아무도 딱히 그들을 무서워하지 않았고 괴담이 되지도 않았다고 한다.

"처음엔 놀라지만 금방 익숙해지는 모양이더라고요. 사람에게 해코지를 하는 것도 아니라서 무섭다는 느낌도 들지 않았던 것 같아요. 그냥 걸어 다닐 뿐이라서."

그들은 거의 매일같이 시설 안을 배회한 다음 사라진다. 종업원들은 생각해보면 불쌍한 영혼이라고 가엾게 느꼈는지, 딱히 요란을

떨지 않고 보고도 못 본 척할 뿐이었다. 그런데 얼마 뒤 시설은 큰 변화를 맞이한다. 주인이 바뀌었기 때문이다.

"그곳에는 조난사건 관련 자료가 많았거든요. 상당한 양이었는데 모조리 태워버렸지요. 새로 주인이 된 사람이."

시설에는 조난사건 자료나 제국주의 시대의 일본군 관련 물품이 다수 전시되어 있었다. 그것을 달가워하지 않았던 새 주인은 종업원들을 시켜 시설 뒤편에서 모조리 태워버리게 했다. 이후 한밤중의 행군은 거짓말처럼 딱 멈췄다.

"새롭게 오너가 된 사람은 유령 이야기를 싫어해서 관련 자료를 태워버린 겁니까?"

"그게 아니라 그저 단순히 일본군을 싫어했기 때문이었지요."

본인들을 유쾌하지 않은 존재로 생각하는 사람이 있다고 느낀 '영'들이 떠나버린 것일까? 그렇다면 약간 가엾다는 느낌도 든다.

무서운 '모노'는 무시하라!

하야치네(早池峰, 이와테현[岩手県]을 대표하는 명산-역주) 기슭에 위치한 온천 시설 근무자의 이야기다. 이분은 아무것도 느끼지 않는 체질로 신기한 사건이나 경험은 없다고 한다.

"우리 집은 스즈쿠나(鈴久名) 마을에 있거든요. 작년에 일을 마치고 귀가하던 딸이 얼굴이 새파래져 집으로 뛰어 들어온 적이 있었는데……."

24살이 되신 따님은 자전거로 직장을 다니고 있었다. 그날도 익숙한 국도 106호선을 달려 스즈쿠나 터널을 빠져나왔는데, 그곳에서 뭐라 설명하기 힘든 감각이 엄습했다고 한다.

"야단났네, 어쩜 좋지? 뭐가 있어!"

자전거 페달을 밟는 속도가 자기도 모르게 빨라진다. 틀림없이 뭔가가 등 뒤로 바싹 다가오는 느낌이 들었다.

"도저히 참을 수가 없어서 뒤를 돌아보았더니 히토다마(人魂, 주로 야간에 공중에 떠다니는 일종의 도깨비불. 직역하면 '죽은 사람의 몸에서 떨어져 나온 영혼'이라는 의미-역주)가 쫓아왔다더군요. 히토다마에 쫓기면서 필사적으로 집으로 돌아온 모양이더군요. 아직까지도 종종 말하곤 해요. 그 터널 입구에 서 있다고요."

*

따님은 원래부터 영적 감각이 강했던 사람은 아니었던 모양이다. 학창시절을 보냈던 센다이(仙台)에서 어떤 사건을 겪은 후 갑자기 눈을 뜨게 되었다고 한다. 당시 살고 있던 방이 이른바 '출몰하는' 방이었다. 이사 오는 족족 사람들이 떠나버리는 사연 있는 방에 살게 된 것이다. 그곳에서 한동안 지내다 도저히 견디지 못하고 다른 방으로 옮기게 되었는데, 이후 체질이 약간 바뀐 모양이었다.

"영적 감각이 강해져 잘 '보이게' 된 모양이에요. 집에서도 화장실의 문을 열었더니 거기에 난데없이 어떤 병정이 서 있어서 황급히 문을 닫았다더군요. 누군지는 모르겠지만 필시 할머니 관계자라고 생각해요. 그 사람, 집안을 자주 여기저기 걸어 다니는 모양이라서."

*

지역 시설에서 일하던 당시에도 상당히 무서운 일이 있었다. 홀로 사무소에 남아 일을 하고 있을 때였다. 갑자기 한기가 느껴져 고개를 들자,

'탁 탁'

방안 가득 랩음(심령학에서 '영'이 뭔가를 두드리는 음으로 의사를 전달한다고 생각해 영적 존재가 나타났다는 표시로 여겨짐-역주)이 울려 퍼졌다.

"앗, 이를 어쩌지. 야단났네……."

이상한 분위기는 점점 농밀해지기 시작한다. 그러더니,

'스르륵'

옷자락이 스치는 소리가 통로에서 들려오는 것이었다. 벽을 사이에 두고 건너편에 분명 뭔가가 있다. 그런 그림이 머릿속에 확연히 떠올랐다. 긴 기모노 자락을 질질 끌면서 걸어오는, 어느 정도 지체 높은 여인이다.

'스르륵 스르륵'

책상 앞에서 꼼짝달싹 못한 채 그 소리가 사라지기를 간절히 기다릴 수밖에 없었다. 이 시설은 길을 사이에 두고 건너편에 절이 있었기 때문에 이런 소리 이외에도 다양한 현상이 계속 일어났던 곳이다.

"딸 말로는 '영'이 지나다니는 길이지 않을까 하더군요. 그 일이 있고 나서는 너무 무서워서 그곳을 그만두어 버렸어요."

따님은 지금도 여러 가지 '모노'를 보는데 최근엔 가급적 무서워하지 않으려고 한다는 말씀도 전해주셨다. 자꾸만 무섭다고 생각하면 오히려 약점을 잡히기 때문에 무시하는 것이 상책이라는 결론에 도달한 모양이었다.

"딸은 그렇게 말하지만 그곳에 있다는 소리를 들으면 무서워서 나는 도저히 화장실도 못 가겠더라고요."

아무것도 본 적 없는 어머니는 무서워하고, 본 적이 있는 따님은 짐짓 평정한 척하고 있다.

떨어진 불구슬

아키타현(秋田県) 다이센시(大仙市) 나카센(中仙) 지역 엽우회에 소속되어 있는 도시마 히로유키(戸嶋洋幸) 씨는 초등학교 시절 신기한 불빛을 발견한 적이 있다. 여름철에 일어난 일이었다.

"분명 해질 무렵이었어요. 부모님과 함께 논두렁길을 걷고 있었거든요. 그랬는데 조금 앞에 있던 논두렁길에서 불길이 치솟았어요."

마치 폭죽을 터뜨린 것처럼 작은 불빛이 허공을 향해 춤추듯 치솟는다. 그 불빛은 2m 정도 되는 높이에 달하자 순식간에 사라졌다.

"너무 무서워서 부모님께 저게 도대체 뭐냐고 물었더니 '여우의 불꽃놀이'라더군요. 이 주변 노인 분들은 대부분 보신 적이 있을 거예요. 다들 여우의 불꽃놀이, 혹은 너구리의 불꽃놀이라고 말하곤 하지요. 도깨비불이요? 글쎄요. 이 근처에선 들어본 적 없네요."

도시마 씨 댁으로부터 한 시간 정도 가면 도깨비불이 넘치는 아니(阿仁) 지역인데 나카센 지역에서는 그런 명칭이 없는 모양이다.

"그 신기한 불빛, 심지어 대낮에 본 적도 있거든요. 초등학교 3학년 때였을까요. 학교를 마치고 집으로 돌아가는 길에 약간 어두침침한 곳이 있었어요. 거기서 푸르스름한 불이 가만히 타오르고 있었지요"

그곳은 왼쪽이 덤불이고 오른쪽이 묘지라서 대낮에도 혼자 걸을 때는 겁이 나던 곳이었다. 그렇지 않아도 께름칙한 곳이라 할 수 있었다. 오줌을 지려도 이상하지 않을 상황에서 도시마 씨는 오히려 문제의 불빛에 다가가서 뚫어지게 바라보았다.

"나라고 왜 안 무서웠겠어요. 무섭지만 호기심이 더 강해서 다가 갔던 거지요. 도대체 정체가 뭘까 싶더라고요. 참 신기한 불빛이었어요. 푸르스름한 빛깔을 띠면서 길 위에서 조용히 타오르고 있었지요. 당시엔 날아온 불구슬이 여기에 떨어진 거라고 생각했어요."

*

도시마 씨의 어머니는 강산성 온천으로 유명한 다마가와(玉川, 아키타현에 있는 다마가와 온천은 일본에서 가장 산성이 강한 온천으로 이른바 '탕치 온천'으로 저명함-역주) 지역 출신이다. 어머니도 어린 시절 불구슬에게 쫓긴 적이 있다고 하니, 역시 아키타현은 도깨비불 왕국 같다.

"여우나 너구리에게 속았다는 이야기는 자주 듣지요. 5년 전이었을까요? 산에 버섯을 따러 갔거든요. 거기서 만났던 아주머니가 충고를 하더라고요. 여우를 조심하라고."

그 아주머니는 여우에게 홀려 무서운 일을 당했다고 하면서 얼마나 무서웠는지를 도시마 씨에게 구구절절 늘어놓았다. 모기가 나올 철도 아니건만 허리춤에 차고 있는 모기향이 신경 쓰여 물어봤더니…….

"이거요? 이건 여우 퇴치용이지요."

모기향을 무서워하는 건 여우가 아니라 모기 아닐까? 이렇게 물어보고 싶은 마음이 굴뚝같았지만, 간신히 억누르며 도시마 씨는 그녀와 헤어졌다.

죽은 자와의 대화

어느 날 느닷없이 어떤 능력을 갖추게 되는 일이 가능할까. 이른바 영적 능력에 관해서는 자주 듣는 이야기다. 예컨대 교통사고로 사경을 헤맨 후 눈을 떠보니 죽은 사람의 모습이 보이기 시작했다는 따위의 이야기다. 도시마 씨와 어린 시절부터 친구였던 여성도 어느 날 갑자기 영적 능력이 개화했다고 한다.

"어린 시절엔 전혀 그렇지 않았어요. 그런데 시집간 곳에서 이상한 일이 있고나서부터 그렇게 되었다더군요."

여성의 시아버지는 골동품을 좋아했는데 그중에서도 도검류 수집이 취미였다. 어느 날 시아버지가 의기양양하게 귀가하더니 한 자루의 칼을 자랑하듯 그녀에게 보여주었다. 애당초 칼에 흥미가 전혀 없었기 때문에 시아버지의 장황한 연설을 한귀로만 흘려듣고 있었는데 시아버지가 칼집에서 칼을 빼내자 이변이 일어났다.

"칼을 빼자마자 번쩍, 하고 눈이 부실 정도로 빛이 튀어나왔다고 해요. 그 빛을 본 다음부터 그녀는 갑자기 몸 상태가 나빠져서 한동안 드러누운 상태로 지내면서 상당히 괴로워했다더군요."

며칠째 일어나지도 못할 정도로 몸 상태가 악화되었는데, 이유는 확실치 않다. 얼마 뒤 회복하고 나서 그녀는 자기 눈앞에 보이는 풍경이 완전히 변해버렸다는 사실을 알아차렸다. 영적 능력을 지닌 사람으로 다시 태어난 것이다.

"이야기를 들어보니 잘은 모르겠지만 그 칼에 깃들어 있던 어느

공주님이 그녀 몸에 들어왔다더군요. 요즘이라면 전문가를 불러 '호토케오로시'(도호쿠[東北] 지방 북부에서 장례식이 끝난 뒤 무녀의 공수를 통해 죽은 자의 뜻을 전하는 것-역주)를 했을 거예요. 죽은 사람을 불러내는 이타코(도후쿠 지방에서 공수를 하는 무녀-역주) 같은 사람을 부르지요. 엄청난 능력이 있는 모양이더군요. 멀리서 찾아오는 사람도 무척 많더라고요. 소개해줄까요?"

소개를 받아본들 지금 만나고 싶은 존재라곤 일전에 죽은 우리 집 강아지뿐이라······.

*

'호토케오로시'라는 행위는 기타토호쿠(北東北, 도호쿠 지방 북부의 아오모리현, 이와테현, 아키타현 등 3개의 현을 총칭한 표현-역주)에서는 일반적인 모양이다. 야치온천의 시모야마 씨의 어머니는 지금도 매년 오소레산(恐山, 아오모리현 시모키타[下北] 반도의 중앙부에 위치한 활화산으로 일본 3대 영지 중 하나-역주)을 찾는다고 한다. 그곳을 찾는 목적은 요절한 동생 분을 만나기 위해서다. 아울러 미야코시(宮古市, 이와테현에 있는 시-역주)에서는 때때로 오소레산에서 이타코를 불러 백화점에서 공수 모임을 연다. 이를 알리는 광고가 신문에 전단지로 끼워져 있을 정도라니, 과연 '지역색'이란 것이 있긴 있나보다.

똑같은 꿈을 꾸다

도시마 씨 댁 근처에는 무연고 묘지가 있다고 한다. 말이 거창해서 묘지지 자그마한 무덤에 불과할 뿐, 누가 묻혀 있는지도 확실치 않다.

"객사한 사람이지 않을까요. 자세한 사정은 아무도 몰라요. 연고자가 없어서 그냥 '무연고 묘지'라고 다들 불렀지요."

어느 날의 일이다. 시 교육위원회에 전화 한통이 걸려왔다.

"거기 어딘가에 무연고 묘지 없습니까?"

갑작스러운 연락에 당황한 담당자는 즉답이 어려우니 알아보고 다시 연락하겠다고 하고 일단 전화를 끊었다. 그러고 나서 해당 지역 역사에 밝은 사람들에게 이야기를 물어보니 그런 묘지가 실제로 존재한다는 사실이 판명되었다.

"전화를 건 사람은 상당히 멀리 사는 사람인데 아무래도 전국을 찾아다니며 수소문했던 모양이에요."

참 희한한 이야기였다. 연락한 사람은 어느 시기부터 매일 밤 똑같은 꿈을 꾸었다고 한다. 꿈의 내용은 대충 이러하다. 좁은 산길을 올라가고 있는데 인적이 드문 쓸쓸한 곳에 덩그러니 작은 무덤 하나가 있다. 가까이 다가가 보면 뭐라 표현하기 어려운 기분에 사로잡힌다. 이대로 내버려두어서는 안 된다. 나라도 당장 공양을 해야 한다. 그렇게 결심한 순간 항상 눈이 떠진다는 이야기였다. 이후 그는 짬이 날 때마다 각지를 돌며 꿈에 나타난 무연고 무덤을 찾아다니고 있었다.

"연락했더니 그 사람이 찾아왔지요. 시청 담당자가 무덤까지 안내해주고 있는데 미처 도착하기도 전에 위치를 알았다고 합니다. 바로 여기라고 하더니 도착 후 눈물까지 흘리더래요."

틀림없이 매일같이 꿈에서 봤던 광경이었다. 조용히 풀숲 사이에 있던 무연고 묘지도 꿈에 나왔던 그대로였다. 그러고 나서 그는 스님을 모시고 와 묘지에 공양탑을 세운 다음에야 비로소 안심하고 돌아갔다. 하지만 결국, 그와 무연고 묘지와의 관계성은 전혀 알 수 없었다고 한다.

꿈에서 부르는 것은

나카센 지역에서 북쪽으로 올라가면, 아니 지역과의 중간 부근에 히노키나이(桧木内) 지역이 있다. 그곳에서 사냥을 하는 무토 마코토(武藤誠) 씨의 이야기다.

"난 사냥이 싫었어요. 아버지가 마을의 대장이었거든요. 일을 쉬면서까지 산에 올라가는 것을 항상 봐와서, 대체 왜 저런 짓을 하는지 모르겠다고 늘 생각했지요. 심지어 사냥 후에는 친구들이 잔뜩 모인 한바탕 술자리가 마냥 늘어지고. 정말이지 그런 것도 너무 싫어서 절대로 사냥꾼이 되지 않겠다고 결심했어요."

그토록 사냥을 질색하던 무토 씨는 어째서 결국 사냥을 시작하게 된 것일까. 아버지가 돌아가셨기 때문이다.

"아버지는 떠났지만 난 아버지 총에 손을 댈 수 없었지요(총 소지 면허가 없기 때문에). 총포점 사람이 총을 인수하러 왔는데 너무 쓸쓸한 기분이 들어서. 더 이상 엽사 집안이 아니라는 생각도 들고."

싫어했다 하더라도 역시 엽사 집안에서 나고 자란 사람이다. 자기 집에서 엽사의 흔적이 사라진다는 사실에 저항감을 느낀 무토 씨는 당장 수렵면허를 딴 후 히노키나이 마을의 엽사가 되었다.

무토 씨는 임업종사자다. 근린에 있는 여러 산을 일터로 삼고 있는, 뼛속까지 산사나이다. 신기한 일은 경험한 적도 없거니와 영적인 '모노'도 전혀 믿지 않는다고 한다. 더 이상 나눌 말이 없다고 생각해 자리를 정리하려고 할 즈음, 딱 한 가지 도저히 이해가 되지 않왔던 일이 있었노라고 이야기해주었다.

25년 전의 일이다. 당시 근무하고 있던 임업 관련 회사에 4살 연하의 후배가 있었는데 제법 사이가 좋았다. 어느 아침 일할 준비를 하고 있는데 그 후배가 찾아왔다.

"무토 씨는 예지몽이나 정몽(사실과 일치하는 꿈-역주) 같은 것을 믿습니까?"

"정몽? 그런 건 안 믿는데? 초능력이나 유령 같은 것도 전혀 안 믿거든."

"그러시군요……."

현장을 향해 차에서 기자재를 내리고 있는데 후배가 다시 묻는다.

"예지몽이란 게 정말 있을까요? 정몽이란 건 정말 없을까요?"

"그러니까, 그런 건 다 거짓말이라니까. 그런 건 없다구!"

"그럴까요……."

똑같은 문답이 점심시간, 그리고 돌아오는 차 안에서도 반복되었다. 이쯤 되니 무토 씨도 기이하다는 느낌이 들어 이번엔 반대로 자기가 그에게 물어보았다.

"자네, 대체 무슨 일이야? 꿈이 대관절 어땠는데?"

잠시 생각에 잠기더니 후배는 단숨에 이야기를 쏟아놓았다. 몹시도 신기한 꿈 이야기였다.

*

임도(林道, 삼림에 조성된 도로-역주)를 걷고 있다. 여긴 대체 어느 산일까? 아, 이건 ○○산에 있는 임도로군. 평소라면 차를 타고 달릴 임도를, 웬일인지 꿈속에서는 천천히 걷고 있다. 계수나무 거목이 경사면에서 내려다보이는 커브를 돌아 계곡가로 나아가자 바로 앞에 커다란 바위가 있다. 거기에서 오른쪽으로 방향을 확 틀어 작은 콘크리트 다리를 건너자 그 앞에 대피 공간이 있었다. 그 너머는 작년에 내린 비 피해로 무너져 내린 상태가 그대로 방치되어 있다. 차도 거의 들어오지 않는 곳이었다.

'뭐지? 낚시하러 왔나? 아닌데, 여긴 낚시 금지 구역인데…….'

대피 공간에는 차 한 대가 서 있었다. 보자마자 뭔가 위화감을 느낀다. 술렁이는 가슴을 억누를 길 없다.

……이런 대목에서 눈이 떠졌다.

'신기한 꿈이로군."

이토록 또렷한 꿈을 꾼 것은 난생 처음이었다. TV 영상, 아니 실제로 육안으로 직접 본 것 같은 선명함이 뇌리에 남아 있다. 묘한 꿈이로군. 그렇게 생각하면서 그는 직장으로 향했다.

다음날에도 다시 똑같은 꿈을 꾸었다. 그리고 다음날도, 그 다음날도, 매일 같은 꿈을 꾼다. 작은 콘크리트 다리를 건너면 대피 공간 앞에 주차된 차, 다가가면 창문에는 포장용 접착테이프가 붙어 있다. 위화감의 원인은 이것이었다. 안을 들여다보니 뒤로 넘겨진 시트에 남녀 두 사람이 드러누워 있다. 안색을 보면 이미 살아 있는 사람이 아니었다. 누가 봐도 저 세상 사람이다. 필시 동반자살이었다.

냉정하게 관찰하고 있는 스스로가 신기할 정도다. 어쩌지⋯⋯그렇게 고민하다가 눈을 떴다.

꿈 이야기는 누구에게도 할 수 없었다. 지나치게 리얼한 나머지 두려울 정도였기 때문이다. 잘 알고 있는 임도, 주차된 차의 색깔이나 번호까지 선명하게 기억이 난다. 그리고 드러누운 두 사람의 얼굴까지. 그는 열흘 정도 꿈 이야기를 입 밖에 내지 않고 있다가 결국 도저히 참을 수 없어서 선배인 무토 씨에게 의논했던 것이다.

*

'덜컹 덜컹 덜컹'

후배의 이야기를 듣고 난 다음 찾아온 휴일, 무토 씨는 후배가 운전하는 차를 타고 있었다. 목적지는 후배가 몇 번이나 꿈에서 봤던 곳이다. 그의 이야기는 도저히 믿어지지 않았지만, 부탁을 거절할 수도 없는 노릇이기에 확인차 함께 그곳으로 가기로 약속해버렸다.

"그런 비현실적인 일은 없을 거라고 생각하네만. 직접 자네가 두 눈으로 확인하고 납득하면 되지 않겠나?"

"그렇지요. ⋯⋯아무것도 아니라면 더 바랄 게 없겠네요."

'덜컹 덜컹 덜컹'

계수나무 거목이 보이기 시작했다. 콘크리트 다리를 건너자 대피 공간이 보이기 시작했다. 그 순간 무토 씨의 등줄기에 전율이 흘렀다.

"이봐, 난⋯⋯난, 여기서 기다릴 테니 자네 혼자 다녀와."

바로 앞에서 차를 세우자 후배는 조금도 주저하지 않고 임도를 빠른 걸음으로 걸어갔다.

　　"그런 다음 경찰을 부르고, 아주 난리가 났었지요. 정말이지, 그땐 정말로 너무 신기했어요. 차량 색깔이나 번호까지 모조리 꿈에서 나온 대로였거든요. 안에서 돌아가셨던 분은 분명 도쿄 분이었는데. 물론 후배와는 아무런 연고가 없는 사람이었고요."

신의 손자

아키타현의 모리요시산(森吉山) 북쪽 기슭에 '소마온천(杣温泉)'이라는 곳이 있다. '비탕(秘湯, 오지에 있는 명천[名泉]-역주)' 온천으로 알려져 등산객도 제법 방문하는 곳이다. 온천의 주인이자 현지 베테랑 엽사인 소마 마사노리(杣正則) 씨에게 이야기를 들었다.

"우리 아버지가 돌아가셨을 때 히토다마(人魂, 도깨비불)를 봤습니다. 아주 넓은 방에 제단을 만들었거든요. 당시 나는 몸 상태가 너무 안 좋아서 목덜미에서 등줄기를 따라 납덩이가 들어가 있는 것처럼 무겁고 괴로웠어요."

일주일 정도 이유 없이 계속 몸이 좋지 않았을 무렵, 이야기를 전해들은 주지스님이 찾아왔다. 그리고 즉시 제단을 정리하라고 충고해주었다.

"스님께서 경을 읊어주셨는데 그걸 듣다 보니 차츰 몸이 가벼워지기 시작하더라고요. 어라? 신기한 노릇이네? 라고 생각하면서 문득 창밖을 봤더니……."

눈에 들어온 것은 농구공 정도 되는 커다란 '히토다마'였다. 그것을 본 순간, 소마 씨는 느낄 수 있었다. 저건 아버지다!

"거기엔 나 말고 다른 사람들도 있었는데, 히토다마를 인지한 것은 나뿐이었지요. 히토다마는 산 쪽으로 가볍게 날아갔답니다. 아, 아버지는 나를 지켜주고 있구나! 그런 확신이 들었지요."

*

소마 씨는 살짝 신비한 감각을 가지고 있다. 산을 쳐다보면 대략 어느 근방에 곰이 있는지 알 수 있다고 한다. 산의 상황이나 곰의 흔적을 조사해 곰이 대략 어느 위치에 있을지를 판단하는 엽사의 기술과는 전혀 차원이 다른 감각이다. 산 속 깊숙이에 있는 곰의 위치를 세밀하고 정확히 찾아내는 능력이다. 실제로 여태껏 몇 마리나 되는 곰을 그런 감각만으로 찾아냈는데, 그 이유는 확실치 않다.

"실은 곰만 그런 게 아닙니다. 바위 밑에 어느 정도나 되는 곤들매기가 대략 몇 마리나 숨어 있는지도 알 수 있지요. 이런 능력은 아마 할머니에게서 이어받았을 거예요. 우리 할머니는 '신'이었거든요."

"'신'이라고요?"

소마 씨의 할머니는 이른바 지역의 신, 즉 무속인이었다. 온갖 고민거리를 가지고 오는 사람들에게 조언을 해주는 영적 능력자 부류였다. 그런 능력이 손자인 소마 씨에게도 어느 정도 이어지고 있었던 모양이다.

"옛날에 어떤 여승 분이 저희 온천에 묵으신 적이 있었어요. 그 여승 분이 신신당부하셨지요. 신불을 소중히 해야 한다고. 신불을 소중히 하면 당신들에겐 당장 아무런 이익이 없지만, 손주들은 지킬 수 있다고."

*

할머니에게 능력을 이어받은 소마 씨에게도 골치 아픈 존재가 있다. 그 존재는 바로 여우!

"지난번엔 비전문가들에게 토끼사냥 가상 체험을 시켰거든요? 일렬로 서서 편안한 경사면을 똑바로 올라가게 하는 체험이었는데, 한 사람이 아무리 시간이 지나도 도무지 올라오질 않는 거예요."

토끼사냥은 산의 경사면 아래에서 몰이꾼이 토끼를 몰아 올리면 위에서 대기하고 있던 사수가 총으로 쏘아 잡는 사냥이다. 이런 체험 이벤트의 참가자들 중 딱 한 사람이 경사면을 올라오지 않는다. 이상하다고 생각해 소마 씨가 직접 가보니…….

"그 사람이 똑같은 곳을 뱅글뱅글 돌고 있지 뭡니까? 대체 뭘 하고 있는 걸까 싶어서 주위를 살펴보니 온통 여우 발자국 천지였어요. 아이고, 이 양반도 당했네, 싶더라고요."

*

소마 씨 본인도 산 속에서 길을 잃은 적이 있다. 평소 다니던 익숙한 곳이었고 결코 길을 잃어버릴 만한 복잡한 지형도 아니었다. 그런데도 걸어가다 보니 묘한 감각에 사로잡히기 시작했다.

"어라? 뭔가 해괴하더라고요. 내 앞에 발자국이 있는 게 아니겠어요? 아까까지만 해도 없었던 발자국이 갑자기 생겨난 거지요. 이상하다 싶어서 가던 길을 멈추고 주위를 잘 살펴보았어요."

기분을 진정시키고 꼼꼼히 확인해보니 아까 본인이 지나쳐왔던 곳이 아닌가. 눈앞에 보이는 발자국은 자기 것임에 틀림없었다.

"그야말로 링반데룽(Ringwanderung, 등산을 하는 사람이 방향감각을 잃고 같은 지점을 계속 맴도는 등산 조난용어-역주) 자체였어요. 바보같이 이런 곳에서 왜 이러고 있나, 싶었지요."

도저히 납득이 가지 않았던 소마 씨가 주위를 둘러보니 역시 여우의 발자국이 사방에 보였다.

"당했네. 이를 어쩌나?"

소마 씨는 이유 없이 계속 왼쪽으로만 갔던 모양이었다. 그래서 극단적일 정도로 오른쪽으로 꺾어지면서 올라가기 시작했다. 얼마간 시간이 흐르자 목적지 부근에 가까스로 도착했는데, 그래도 여전히 약간 왼쪽으로 치우친 지점이었다. '신'의 손자와 여우의 공방전, 제법 팽팽했던 모양이다.

마타기 마을에서

아키타현의 아니 지역은 마타기(전통 수렵방식을 고수하는 도호쿠 지방 산악 엽사-역주) 마을로 유명하다. 여기엔 넷코(根子), 히타치나이(比立內), 웃토(打当) 등 세 곳에 마타기 마을이 있다. 현역 최고참 마타기이자 장로 격 존재이기도 한 마쓰하시 기치타로(松橋吉太郎) 씨에게 이야기를 들었다. 기치타로 씨는 12세 때부터 사냥 관련 일을 시작해 16세에 본격적으로 산에 들어가 수많은 사나이들을 노련하게 통솔해온 인물이었다.

"내가 요즘 귀는 잘 안 들리지만 눈과 발은 건재하지요. 지금도 다른 사람보다 두 배는 걷거든요. 요즘 젊은 것들은 쏘기는 잘 쏘지만 도무지 작전을 펼 줄을 몰라."

몸 관리에 관한 한, 다른 사람 몇 배로 신경을 쓰고 발이나 허리에 좋다는 보조제를 결코 잊지 않는다. 당신이 직접 산에서 겪었던 신기한 경험은 거의 없지만, 동료 마타기들은 다양한 경험을 했다고 한다.

"같은 마을(히타치나이) 마타기들 중에서 젊은이와 노인네가 있었는데 항상 같이 산에 올라가곤 했지요. 사냥만이 아니라 산물이나 버섯을 캘 때도 그렇고."

나이 차이는 났지만 서로 궁합이 잘 맞았는지 두 사람은 항상 함께하곤 했다. 그런데 어느 날, 젊은이가 무슨 일로 몸져눕더니 결국 저 세상 사람이 되고 말았다.

"가엾게도. 순서대로 갔다면 내가 진작 더 먼저 가야 했는데."

나이 든 마타기는 짝꿍의 죽음을 슬퍼했다. 그리고 다음 해 산나물 캐는 계절이 다가오자 부쩍 쓸쓸함은 더해갔다. 평소라면 둘이서 갔을 산을 혼자 가노라니, 견딜 수 없는 심정이 자기도 모르게 솟구친다.

"그 사람은 다음 해 홀로 산에 가서 평소 다니던 곳에서 산나물을 캐기 시작했다더군. 그런데, 한동안 산나물을 캐고 있었는데, 뒤편에서 뭔가 소리가 들려오더래요."

의아해서 뒤를 돌아보니 작년에 세상을 떠난 짝꿍이 자기처럼 산나물을 캐고 있었다. 올해도 함께 산에 올라와 주었다는 생각에 기쁜 마음이 들었다고 한다.

*

"그리고 보니 우리 할머니는 산에서 험한 일을 당한 적이 있었지요!"

기치타로 씨의 할머니가 젊은 시절의 일이었다. 어느 날 산에 있는 밭에서 일을 하고 있던 남편에게 점심식사와 술을 가지고 갔다. 한편 할아버지는 오전 작업을 마치고 땀을 닦은 후 한숨을 돌리고 있었는데, 그때쯤이면 도착하고도 남았을 아내 모습이 도무지 보이지 않는다. 요즘이라면 휴대폰으로 전화를 걸면 되겠지만 당시엔 연락할 방도가 없었다. 기다리다 지친 남편은 아내를 찾으러 산을 내려오기 시작했다.

"바로 할머니를 발견하긴 했는데, 그게 너무 어머어마한 모습이어서."

엉망으로 산발을 한 할머니 모습에 할아버지는 기겁했다고 한다. 할머니가 할아버지에게 주려고 가지고 왔던 술이나 맛있는 튀김요리는 흔적도 없이 사라진 상태였다.

"할아버지는 말했어요. 여우에게 당한 거라고요."

＊

산에서 큰 뱀을 본 적이 있는지 기치타로 씨에게 묻자,

"큰 뱀? 난 본 적 없는데. 하지만 근처 사람들은 산 속에서 본 적이 있다더군요. 잘은 모르겠지만 6m 정도 되는 뱀이었는데 배가 잔뜩 부풀어 있었다더군요. 토끼라도 삼킨 게 분명해요. 그런데 그걸 본 사람이 그 직후 오른쪽 눈을 못 보게 되었지요. 이유는 모르겠지만."

봐서는 안 될 것을 봤기 때문일까? 아니면 단순한 우연일까?

＊

기치타로 씨는 앞서 나왔던 할머니에게 이런 이야기를 들었던 적이 있다.

'25세까지 아무것도 보지 않으면 결국 나중에도 보지 않게 될 거

야. 25세가 되기 전에 봤다면 그 사람은 이후에도 몇 번이고 보게 되지.'

무엇을 본다는 걸까? 물론 유령을 말한다. 맞는 소리일지도 모른다. 그렇다면 나는 유령을 만날 가능성이 이미 없다는 말이 되기 때문에 안심하고 산에 올라갈 수 있을 것 같다!

너구리도 가끔은 사람을 속인다

　전국적으로도 매우 보기 드물게, 아니마에다역(阿仁前田駅)에는 역 자체에 온천시설이 붙어 있다. 좀처럼 오지 않는 아키타내륙종관철도(秋田内陸縦貫鉄道, 아키타시의 다카노스역[鷹巣駅]에서 센보쿠시[仙北市]의 가쿠노다테역[角館駅]까지 운행-역주)를 느긋하게 기다리면서 온천에 몸을 담글 수 있다. 이 역 바로 옆에 니시네 대장간(西根鍛冶屋)이 있다. 주인인 노보루(登, 니시네 마사타케[西根正剛]란 아키타현 아니정에서 대대로 답습되고 있는 마을의 대장장이 이름인데 현재는 제4대 니시네 마사타케인 니시네 노보루 씨가 대표 장인을 역임하고 있음-역주) 씨는 마타기 특유의 무기인 '나가사(마타기가 쓰는 도끼-역주)' 제작의 명수로 명망이 높다.

　"무서운 일을 당한 적은 거의 없지만 너구리에게 당한 적은 있지요."

　"너구리요? 여우가 아니라?"

　"너구리 맞아요."

　친구와 둘이서 산나물을 캐러 산에 올라갔다가 돌아오는 길에 일어난 일이었다. 배낭에 한가득 산나물을 짊어지고 들뜬 기분으로 걷고 있는데 두 갈래로 갈라진 길이 나왔다. 여기에서 왼쪽으로 내려가면 경트럭까지 금방 갈 수 있다.

　"어라? 어디로 가는 거야? 왼쪽이라구!"

　앞서 가던 친구가 오른쪽으로 꺾어지는 것을 보고 노보루 씨는 말을 걸었다. 뒤를 돌아본 친구는 의아한 얼굴로 답한다.

"무슨 소리야? 왼쪽으로 가서 어딜 가려고? 당연히 오른쪽이지!"

너무 강한 말투여서 노보루 씨는 내심 이상하다고 생각하면서도 친구 말을 따르기로 했는데…….

"한참을 걸었거든요. 역시 전혀 아니더군. 그러자 친구가 갑자기 뒤를 돌아보면서 여기가 아니라고 말하는 거예요. 역시 너구리에게 당했던 거라고 생각되는데. 자주 가는 산이니 틀릴 리 없거든요."

점심을 먹다가 가볍게 한잔을 걸치긴 했지만 고작 몇 모금 마셨을 뿐이었다. 심지어 주위가 아직은 밝았고 결코 헤맬 만한 조건도 아니었다. 그런 상황에서도 베테랑 산사나이가 길을 헤맸던 것이다. 이런 예는 이전에도 들어본 적 있다. 바로 가까이에 있는 익숙한 산길에서 좌우를 착각한다. 도심에서라면 역에서 집까지 돌아오는 길에 좌우를 착각해서 모퉁이를 도는 사태에 견줄만하다. 그럴 리 없기 때문에 뭔가에 속았다는 생각이 든다.

뱀에게 매혹된 사내

과거에 일자리를 얻을 수 있는 가장 간단한 방법은 직인이 되어 누군가의 제자로 들어가는 것이었다. 니시네 대장간에도 한때 제자가 있었는데 그중 한 사람에게 기묘한 일이 일어났다.

"내 어린 시절에 일어난 일이었지요. 근처에서 애들이 떠들더라고요. 무슨 일인지 보러 갔더니 뱀을 몽둥이로 내리치고 돌을 내던지고, 아주 난리가 났더라고요. 그것을 본 우리 제자가 '가엾으니 당장 그만둬!'라고 말하며 그 일에 개입했지요."

아이들을 말려 뱀을 구해내긴 했지만 뱀은 이미 죽은 모양이었다. 전혀 움직이지 않았다. 그는 망연히 선 채 조금 떨어진 개천가에 죽은 뱀을 묻어주고 조용히 합장했다.

"심성이 고운 사람이었거든요. 그런 다음 매일같이 그곳에 가서 합장을 했지요. 나도 신경이 쓰여 보러 갔더니 어느 새 작은 사당이 세워져 있더라고요."

뱀을 묻었던 장소에는 사당이 세워져 있었다. 세운 것은 제자임에 틀림없었다.

"착한 사람이었으니까……그리고 나서 얼마 후 아버지가 묘한 사실을 눈치 챘지요. 그 제자가 매일 밤 어딘가 몰래 나가는 모양이더군요."

근처에 밤놀이를 할 만한 곳은 없었다. 그런데도 제자는 매일 밤마다 비가 와도 바람이 불어도 한밤중에 나가곤 했다.

"한밤중에 대체 어딜 가는지 알 수가 없었지만, 낮에 자기 일을 똑바로 하고 있었고 다 큰 성인이니 이래라 저래라 간섭하지 않았지요."

그러나 막상 제자가 다니는 장소가 어딘지 판명되자 도저히 잠자코 있을 수 없었다. 뱀이 묻힌 사당이었기 때문이다.

"아버지도 난감하다고 생각하지 않았을까요? 뱀에게 완전히 사로잡혀버린 느낌이었으니까요. 그런 다음에도 뜯어말리려고 한참 설득도 하고 스님도 부르기도 했지요. 하지만 제법 오랫동안 계속 다녔어요. 그 사람? 지금도 고향에서 대장간 일을 하고 있지요."

그는 뱀을 묻은 그날부터 매일 밤 꿈을 꾸었다고 한다. 그래서 신경이 쓰여 어쩔 수가 없었을 것이다. 정중히 장례를 지내 주었던 것에 뱀이 감사 인사를 하고 싶었던 것일지도 모른다.

아키야마향의 의문의 불빛

나가노현(長野県)과 니가타현(新潟県)의 경계에 아키야마향(秋山郷)이 있다. 아키야마향에는 예로부터 이어져온 수렵문화가 아직 남아있어서 지금도 엽사들이 사냥감을 쫓아 온산을 헤매고 있다. 아키야마향 고아카사와(小赤沢) 지역에서 민박집 '에노카미(え−のかみ)'를 경영하는 후쿠하라 쇼이치(福原照一) 씨가 들려준 이야기다.

"여름방학 때 학생들을 데리고 나에바산(苗場山)에 갔었어요. 산속 오두막에서 선생님과 이야기를 하고 있었는데, 입구 쪽에서 불구슬이 보이더라고요."

노을빛을 머금은 하늘도 서서히 어두워지기 시작하고 있었다. 어둠이 엄습하는 유리창 너머로 흔들리는 것은 신비하게도 하얀 빛덩어리였다.

"크기는 농구공보다 조금 컸을까요? 가볍게 허공을 날면서 입구에서 안으로 들어오려는 것 같았어요."

인솔 교사와 둘이서 그 물체를 관찰했는데 결코 인공적인 빛이나 전구의 반사 따위로는 생각되지 않았다. 처음으로 보는 '뭔가'였다. 그 빛은 마치 오두막에 들어오고 싶다는 듯 한동안 여기저기를 날아다니더니 결국 들어오지 못한 채 어딘가로 날아가 버렸다.

"둘이서 이야기를 나누었지요. 저게 대체 뭘까 싶어서요. 그랬는데 잠시 뒤 다른 곳에 계시던 선생님이 당황한 얼굴로 뛰어 오시더라고요. 아이들이 괴물이 나왔다면서 울고 있다고 하시면서요."

후쿠하라 씨는 아까의 '뭔가'가 아이들에게도 갔다고 확신했다. 역시 잘못 본 것이 아니라 산 속에 있는 '뭔가'인 것이라고…….

*

후쿠하라 씨의 친척인 야시키(屋敷) 마을의 야마다 요시노부(山田由信) 씨는 산에서 두려움을 느꼈던 적은 별로 없다고 말한다.

"딱 한 번일까요? 밤에 산 속에서 등줄기에 소름이 오싹 끼치면서 어찌할 바를 몰랐던 느낌이 들었던 적이 있긴 했네요. 선배 엽사에게 그 이야기를 했더니 '그건 마물(魔物)이 자넬 보고 있었기 때문이야'라고 말하더군요."

야시키 마을에서 조금 떨어진 곳에 우에노하라(上野原) 마을이 있다. 어느 날 밤, 한 주민이 우에노하라 방면이 묘하게 밝다는 사실을 알아차렸다.

"이봐, 우에노하라가 너무 환해. 혹시 불이 난 게 아닐까?"

그 소리를 듣고 몇몇 주민들이 우르르 집 바깥으로 나가자 야시키 마을 전체가 소란스러워졌다. 우에노하라 마을이 불타고 있는 게 틀림없다! 심지어 불길이 제법 세다고 생각해 당황해하는 마을사람들의 모습까지 확연히 보인다.

"야단났네. 저 기세라면 우에노하라는 죄다 타버리겠는걸."

시뻘겋게 타오르는 우에노하라 마을을 멀리서 바라볼 수밖에 없는 야시키 마을 사람들은 자기도 모르게 두 손을 모아 합장하고 있었다.

날이 밝기 시작하자 야시키 마을 사람들은 오에노하라를 향해 산길을 올라갔다. 그리고 모든 사람들이 자기 눈을 의심했다. 우에노하라가 평소와 똑같았기 때문이다. 불에 탄 집도 없었거니와 불길에 그을린 풀 한 포기조차 없었다. 당황한 기색으로 올라온 야시키 마을 주민들을 우에노하라 사람들은 신기하다는 듯이 바라보고 있었다.

숲속에 울려 퍼진 커다란 웃음소리

옛날엔 밤에 숲속에서 날다람쥐를 총으로 잡는 반도리(아키야마향에서는 밧도리라고도 함)를 하던 중, 엽사들이 온갖 기이한 체험을 하곤했다. 야마다 씨는 쓰키요타쓰(月夜立)라는 곳으로 반도리를 가서 섬뜩한 소리를 들었다.

"쓰키요타쓰는 식목 재료를 구하러 갔던 사람이 둘이나 떨어져죽은 장소거든요. 그곳에서 반도리를 하고 있는데 '이봐~이보라구~'라는 목소리가 들렸어요. 그 목소리가 너무나 가냘프고 애처롭게느껴졌지요."

*

어느 엽사는 다키자와(滝沢)에 있는 사무시연못에 반도리를 하러갔다. 사냥감으로 노리고 있던 날다람쥐를 향해 방아쇠를 당겼는데, 땅에 떨어지지 않는다. 어라? 빗나갔나? 다시 한 번 발포해본다.틀림없이 날다람쥐의 그림자, 그리고 그 빛나는 눈을 겨냥해 몇 발이나 발포를 해보았지만 역시 땅에 떨어지지 않는다. 그림자는 계속 꼼짝도 하지 않으며 눈알을 빛내고 있을 뿐이다. 두려워진 엽사가 집으로 돌아오자 가족 중 한 사람이 조금 전 급사했다는 소식이전해진다. 이 이야기는 야마다 씨보다 열 살 정도 연상의 지인 이야기다.

＊

야마다 씨의 숙부님이 동료와 둘이 반도리를 갔다가 낯빛이 파래서 돌아온 적이 있다. 두 사람은 총을 든 채 덜덜 떨면서 이렇게 말한다.

"사냥터에 도착했는데 엄청난 웃음소리가 들려오더라고. 도저히 견딜 수가 있어야지."

옆에서 그 소리를 듣고 있던 동료 엽사가 웃음을 터뜨렸다.

"뭔 소리를 하는 거야? 자네들 혹시 한잔 걸쳤나? 바보 같은 소리! 좋았어, 내가 한번 다녀옴세."

그렇게 말하더니 총을 들고 혼자 사냥터를 향했다. 얼마 뒤, 아니나 다를까 그 사내도 창백한 얼굴로 집으로 도망쳐왔다.

"저건 덴구(天狗, 일본 고유의 요괴로 보통은 수행자 복장에 얼굴이 빨갛고 코가 높음-역주)가 분명해! 저렇게 큰 웃음소리는 지금까지 들어본 적이 없어. 덴구가 틀림없어."

'으하하하 으하하하!!'

어두운 숲에 울려 퍼지는 커다란 웃음소리에, 좀처럼 굽힐 줄 모르는 엽사들도 간이 철렁했던 것이다. 마찬가지로 반도리가 한참일 때 '쿠~웅 쿠~웅' 하는 엄청난 땅울림 소리를 들은 엽사들도 다수 존재했다. 단, 이것이 덴구의 발소리라고는 감히 아무도 말하지 않는다.

*

야마다 씨는 중학생 때 눈사태로 아버지와 사별했다. 아직 47세의 젊은 나이였다.

"아버지는 숯을 굽는 분이었어요. 그 사건은 가을이 오고 나서 바로였을 거예요. 아버지가 숯을 굽던 오두막에 가고 나서 갑자기 눈이 내리기 시작하더니 눈 깜짝할 사이에 2m 넘게 쌓여버렸지요. 그래서 눈사태가 일어나 거기에 휘말리셨고요. 이후 바로 눈이 그쳤고 완전히 녹아 사라져버렸어요. 마치 오로지 우리 아버지를 죽이기 위해서 눈이 내린 느낌이었지요."

11월 중엽의 갑작스러운 한파는 야마다 집안의 대들보를 빼앗아가버려 가족들은 무척이나 고단한 삶을 살게 되었다.

*

야시키 마을에 사는 연세 105세의 노인은 젊은 시절 귀가하지 못한 적이 있다. 어느 해 연말 즈음, 새해 용품을 사러 마을에 내려갔을 때의 일이다. 오랜만에 하는 쇼핑이 너무 즐거운 나머지 사도 너무 샀다는 느낌이 들었지만, 어차피 해야 할 새해 준비였다. 이 정도 과소비는 어쩔 수 없다고 애써 스스로를 달래며 산길을 걷고 있었다.

'뽀드득 뽀드득 뽀드득'

새로 내린 눈은 무릎 아래 높이라서 편하게 걸을 수 있다. 구름 낀 날씨였지만 산은 밝았다. 조금만 있으면 마을에 도착할 수 있을 거라고 생각하려던 순간, 어쩐지 살짝 불길한 예감으로 가슴이 술렁대기 시작했다. 그런 마음을 애써 억누르려고 그는 노래를 부르면서 산길을 걸어간다. 그런데 한 시간 정도가 지났을 무렵 드디어, 자기가 지금 대체 어디에 있는지, 길을 잃어버렸다.

"어디서 길을 잘못 들어선 거지? 아니지, 여긴 어차피 길이 하나뿐인데, 그럴 일 없는데……."

왔다 갔다를 반복하며 그는 필사적으로 산길을 헤맨다. 완전히 어두워진 산에서는 눈에서 반사되는 빛만을 의지할 수 있을 뿐이다. 불안한 예감이 조금씩 강해지기 시작한다. 문득 정신을 차리고 발 언저리를 쳐다보니 거기엔 이제 막 생긴 발자국이 있었다.

"이건……, 설마 내 발자국?"

자신이 몇 번이나 같은 곳을 걷고 있는 것이 확실했다. 완전히 지쳐버린 그는 띠 더미를 발견하자 그 안에 기어들어가 잠을 청했다.

다음날 아침 눈을 뜨자 자신이 어디에 있는지 판명되었다. 그곳은 이미 마을 안이었다. 그가 자고 있던 곳은 지붕의 띠를 교체하기 위해 모아둔 대량의 띠 더미였다. 띠 더미 주위로 수많은 발자국이 남아 있다. 그는 몇 시간이나 띠 더미 주위를 맴돌고 있었던 것이다. 신년 준비용으로 샀던 생선류는, 당연히 하나도 남아 있지 않았다.

푸른 옷을 입은 여자

도쿄에는 2,000m가 넘는 산이 있다. 오우메시(青梅市)에서 서쪽으로 가면 서서히 숲이 우거지기 시작해 본격적인 산행을 즐길 수 있는 지역이 펼쳐진다. 그런 도쿄의 산악지대에서 들은 이야기다.

도쿄에 있는 산악지대에서 나고 자란 이토 사토루(伊藤覚) 씨는 현재 임업 관련 회사를 경영하고 있다. 산은 어린 시절부터 즐겨 놀던 놀이터라 매일 사방을 뛰어다녔다고 한다.

"이상한 이야기요? 제겐 별로 없네요. 하지만 작업원 분들에게 이런저런 이야기를 들은 적은 있답니다."

자신에게는 신기한 체험이 거의 없지만 불길한 예감에 가슴이 술렁거렸던 사건은 있었다. 어떤 현장에서 점심을 먹을 때의 일이다.

"점심을 먹고 잠시 쉬고 있었거든요. 그런데 '이봐~이봐~' 하면서 누군가가 부르는 소리가 들리더라고요. 그런 소리가 들렸을 땐 정말로 소름이 쫙 끼치더라고요. 불길한 예감 때문에 가슴이 쿵쾅거렸다고 해야 할까요? 어쨌든 기분 나쁜 느낌이었어요."

실은 이토 씨에게는 기억나는 목소리였다. 오랜 세월 가까이 지냈고 산에 대해서도 잘 알았던 지인의 목소리였다. 산에 관한 가이드 역할을 해주어 신세를 많이 졌던 사람인데 며칠 전에 세상을 떠났다. 그런데, 틀림없이 그 사람 목소리였다.

"다른 작업원에게는 요령껏 대충 둘러대고 그 이야기는 하지 않았습니다. 현장에서 그런 소릴 했다간 역시 기분이 썩 좋지는 않을 테니까요."

자칫 다 똑같은 곳이라고 여겨질 수 있는 산속이지만, 각 현장의 분위기는 제법 다르기 마련이다. 원인은 알 수 없으나 모두가 불안한 심정에 빠지고 마는 얄궂은 현장도 더러 있는 모양이다.

*

어느 숲속에서 며칠에 걸쳐 잡풀 제거나 가지치기 작업이 진행될 때의 일이다. 작업을 하다말고 한 명이 어디선가 방울소리가 들려온다는 사실을 알아차렸다. 예초기 엔진을 끄고 귀를 기울이자,

'찰랑 찰랑'

들리는 것은 틀림없이 곰 방울(熊鈴, 인공적인 금속음을 울리게 하여 곰을 쫓아주는 방울-역주) 소리였다.

"어라? 누가 들어왔나?"

이상하게 생각하는 것도 무리는 아니었다. 그 현장은 제법 산속 깊숙이 있어서 자신들도 차를 세워둔 곳에서 상당히 걸어 들어왔기 때문이다. 길도 없는 상황에서 울창한 숲속을 올라와야 한다. 그런 곳에 도대체 누가 들어왔단 말인가? 작업원들은 소리가 나는 쪽 방향으로 눈길을 고정시켰다.

'찰랑 찰랑'

분명 곰 방울소리는 확실히 들리는데 아무리 찾아봐도 사람의 모습이 보이지 않았다.

"사람이 숨을 만한 덤불 같은 것도 없었거든요. 그런데도 아무것도 보이지 않고, 바로 거기서 소리는 들리고. 뭔가 불길한 느낌이 드는 곳이었어요. 그 현장이."

이때 근처에서는 작업원 세 사람이 일을 하고 있었는데 그중 두 사람에게는 그 곰 방울소리가 또렷이 들렸다. 그런데 그 현장의 이변은 그것만이 아니었다.

"차츰 모습이 보이기 시작했어요."

이번엔 곰 방울 사건으로부터 며칠이 지난 후 일어난 사건이다.

"가지치기 작업을 하고 있을 때였어요. 현장에 푸른 옷을 입은 여자가 걸어왔지요. 그것을 발견하고 위험하니까 소리를 질러 멈추게 했어요. 위에서 가지가 떨어지니까요."

높은 곳에서 잘려 떨어진 가지에 행여 머리라도 맞았다가는 큰일이 난다. 혹시라도 그런 경우가 생길까봐 작업원이 여성의 발길을 멈춰 세웠던 것이다. 그런데…….

"나중에 다른 사람에게 '자네 대체 뭐하고 있었던 거야?'라는 소리를 들었지요."

나무 위로 올라가 가지치기 작업을 하고 있던 동료는 밑에서 소리가 나기에 잠시 작업을 멈췄다고 한다. 그리고 나서 소리가 나는 쪽을 바라보자 동료 작업원이 뭔가 이야기를 하고 있었다는 것이다. 그것도 몸짓과 손짓까지 곁들여 열심히.

"나무 위에 있던 사람에게는 푸른 옷을 입은 여성이 보이지 않았던 모양이에요. 그래서 내가 혼자서 말을 하고 있다고 생각했던 거지요. 제가 어떻게 된 줄 알았다더군요. 이외에도 희끄무레한 느낌이 드는 할아버지가 걸어 다니는 것도 봤지요. 어쨌든 너무나 섬뜩한 장소였다니까요."

*

산에서 하얀 옷을 입은 사람은 종종 발견되는 모양이다. 등산로 가까이에 있는 현장에서 작업을 하고 있는데 흰옷 차림의 할아버지가 걸어온다. 조금 걸음걸이가 위태롭다. 위험하다고 생각하면서 보고 있는데 그 자태가 홀연히 사라진다. 정체는 알 수 없다.

"해질 무렵에 산에 올라가는 사람은 주의 깊게 살펴보지요. 많이 걱정스러워서요."

무엇이 걱정되는 걸까? 자살이다. 실제로 자살자가 예로부터 적지 않은 곳이다. 대체로 해질 무렵에 올라가는 모양이다. 보통 등산을 하는 사람이라면 동트자마자 움직이기 시작한다.

"오후 3시가 지나 산에 들어가는 할아버지를 본 적이 있거든요. 도저히 등산하려는 사람의 행색이 아니었어요. 하얀 옷에 하얀 신발을 신고. 그런 사람을 보면 심란하지요."

하얀 옷에 하얀 신발, 그것은 각오를 마친 사람의 모습일까, 아니면 미심쩍은 '모노'일까……

산속에서 들리는 소리는

사노 치구사(佐野千草) 씨와 가네코 가즈후미(金子和史) 씨는 이토 씨의 회사에서 일하는 젊은 유망주다. 그들도 이야기를 전해들은 적은 있지만, 본인이 직접 경험한 기묘한 체험은 없다고 한다.

"신기한 일은 별로 없네요. 소리요? 글쎄요. 그러고 보니 어떤 현장에서 계속 소리가 났던 적은 있었어요. 처음엔 잘 몰랐는데, 가드레일이었지요."

"가드레일, 이라구요?"

"맞아요. 누군가가 가드레일을 내려치는 소리였어요."

물론 그 누군가가 가드레일을 내려치고 있는 모습을 확인한 것은 아니다. 이것은 도호쿠(東北, 아오모리, 아키타, 이와테, 야마가타, 미야기, 후쿠시마 등이 포함된 일본 혼슈 북동부 지방-역주) 지방에서 자주 접했던 '너구리 장난질'과 동일한 현상이지 않을까. 도호쿠 지방에서도 삼림작업원이 듣는 경우가 압도적으로 많은데 그 현장을 직접 목격한 사람은 한 사람도 없다. 그러나 예로부터 묘한 소리가 나면 '너구리 소행'이라고 전해 내려왔기 때문에 누구나 '아, 저건 너구리지'라고 납득해버린다. 도쿄 지역 산에서는 너구리 탓이라고 생각하는 사람이 없는 모양이다.

"작업 중에 땅이 울리는 경우도 있고요. 처음엔 잘 몰랐기 때문에 불길한 느낌이 들었지요. 하지만 그 원인을 조사한 사람이 있었어요. 후지산 연습장 소리같아요."

"후지산이요? 자위대 화력연습인가요?"

"맞아요. 그것이 구름에 반사되어 마침 그 주변에서 들리는 모양이더라고요."

하늘을 뒤덮은 구름에 자위대 화포 굉음이 튕겨나가 들린다는 이야기였다. 히가시후지연습장(東富士練習場, 후지산 동쪽 기슭에 있는 육상자위대 연습장으로 혼슈 연습장 중 최대 규모-역주)으로부터 직선거리로 60km 이상 떨어져 있다. 분명 화포음은 가까이에서 들으면 엄청나지만 과연 이 거리를 넘어 들릴 정도일까. 이것도 도호쿠 지방이라면 '저건 너구리야'로 치부될 이야기일지도 모른다.

*

"길을 잃을 만한 곳도 아닌데 헤맨 적은 있답니다. 지금 생각해봐도 참 희한한 일이네요."

작업원 셋이 현장을 향해 산책로를 지날 때의 일이다. 산책로는 계곡을 커다랗게 돌아가도록 조성되어 있었다. 그래서 산책로 말고 지름길로 가기로 했다.

"삼나무 숲속으로 들어가 똑바로 직진했지요. 딱히 복잡한 지형도 아니었고 대단한 거리도 아니었거든요. 그런데 결국 길을 헤매고 말았어요."

어라? 이상하네? 여긴 대체 어디지? 세 사람이 주변을 둘러봤지만 도대체 어디가 어딘지 모르겠다. 한동안 우왕좌왕하다가 간신히 돌아올 수 있었다.

"짧게 가로 질러가면 당장 나올 산책로를 못 찾고, 그대로 쭉 직진해 올라가버렸지요. 별로 비좁은 길도 아니었는데, 아무도 가로질러버렸다는 사실을 알아차리지 못했어요. 참 희한하지요. 왜 몰랐을까요."

꼭 특정한 장소에서만 길을 헤매는 것도 아니다. 날씨가 좋아도, 여러 명이 같이 있었어도, 딱히 힘들지 않아도, 헤맬 순간이 오면 결국 헤맨다. 그리고 누구나 신기하다고 느낀다. 어째서 그런 곳에서 헤맸는지, 영문을 알 수 없기 때문이다. 이런 경우 도호쿠에서는 대부분 여우 탓이라고 정리해버리는데, 아무래도 오쿠타마(奧多摩, 우거진 숲과 트래킹 코스로 저명한 도쿄 서부 끝자락 산지-역주)에는 못된 짓을 하는 여우나 너구리가 없었던 모양이다.

미타케신사

무사시미타케신사(武蔵御嶽神社)는 해발 929m의 미타케산(御岳山) 꼭대기에 자리 잡고 있다. 슈겐도(修験道, 혹독한 산악 수행으로 저명한 일본의 산악 종교-역주)의 장이자 오쿠치치부(奧秩父) 미쓰미네신사(三峯神社)와 마찬가지로 승냥이(일본늑대)가 권속(신의 뜻을 전하는 사자이자, 신에게 임무를 부여받은 사도-역주)인 것으로 유명하다. 그런 탓에 최근엔 개를 동반한 참배객이 늘고 있다. 그런 미타케신사의 궁사(宮司, 신사 책임자-역주)이신 스자키 유타카(須崎裕) 씨에게 이야기를 들어보았다.

"신기한 일이요? 물론 장소가 장소이니만큼 많은 이야기를 듣긴 했지요. 뱀과 관련된 이야기도 많았어요. 근처에 사는 사람은 무심코 거대 뱀의 몸통 위를 타고 넘었다가 고열이 나서 자리에 드러누운 적도 있다더군요. 대략 그 정도일까요. 이곳은 신이 깃든 산이라 지나치게 사악한 '모노'는 없습니다. 하계에서 구원받으러 많은 사람들이 찾아오는 장소니까요."

쇼와 시대(1926~1989년) 초기에 개업한 케이블카를 타고 하계에서 올라와 미타케산역에서 내린다. 역에서 20분 정도 걸으면 신사에 도착하는데 그 중간에는 참배객을 위한 숙박시설이나 음식점이 40곳 정도 있다. 기본적으로 신사 관계자가 영업에 관여하는 경우가 대부분이다. 요컨대 이 산의 주민이라고 해봐야 미타케신사 관계자뿐이라고 해도 좋을 정도다. 최근엔 주민전용도로(경자동차용)가 조성되어 밤에도 하계와 왕래가 가능해졌지만, 과거엔 케이블카 운행시간이 지나면 완전히 갇힌 공간으로 변했다.

"케이블카 역에서 여기까지 오는 사이에 분교가 있었어요. 내가 어릴 때는 4학년까지였는데 누나가 다니던 시절엔 6년간 분교를 다녔지요. 운동회 날에는 산 아래에 있는 본교로 갔지만 그쪽은 인원이 많았기 때문에 역시 위축되곤 했지요."

그런 분교를 지금도 데라코야(寺子屋, 에도시대에 존재했던 일종의 서당-역주)라고 부르는 주민도 있다. 원래는 절이었는데 그 터에 분교를 지었다고 한다.

"절터였기 때문에 분교 뒤편엔 묘지가 그대로 남아 있었어요. 담력 테스트를 하러 그곳에 자주 가곤 했지요. 담력 테스트를 할 때는 묘지에 가서 솔도파(선조 공양을 위해 만들어 놓은 가늘고 긴 나무판으로 고인에 대한 내용이 적혀 있음-역주)를 가지고 돌아와야 했어요."

아이들에게는 대대로 이어져온 놀이였지만, 부처님이 언제나 관대하리란 보장은 없었다. 어느 날인가는 담력 테스트 때 가지고 온 솔도파를 깜빡 잊고 교실에 그대로 남겨둔 채 전원이 하교한 적이 있었다. 다음날 학생들이 교실 안에서 수업이 시작되길 기다리고 있는데 어디에선가 '히토다마'(도깨비불)가 나타났다. 가볍게 교실 안에서 날아다니고 있던 히토다마를 발견한 학생들이 고함을 지르고 발을 동동 구르며 커다란 소동이 일어났다. 그야말로 패닉 상태에 빠졌기 때문이다. 그러자 지나친 소란스러움이 싫었는지, 히토다마는 창문 틈새로 나가버렸다고 한다.

"이 주변에서는 예로부터 시신을 땅에 매장했는데요, 땅이 비좁다 보니 묻을 장소에 한계가 있지요. 여기는 어떨까, 하면서 파보면 머리카락이나 이빨이 나오곤 해요. 친족들 입장에서는 화장을 하면 바로 다 타버리기 때문에 마음 정리도 수월하고요. 땅에 묻으면 한동안 그곳에 몸이 남아 있으니까요. 비가 내리면 혹시라도 젖지는 않을까, 근심걱정을 하게 되기 마련입니다. 그래서 화장 쪽이 좋은 거랍니다."

정말 그럴까요? 화장도 상당히 무섭긴 한데…….

*

미타케신사는 앞서 언급했던 것처럼 일본늑대가 권속이다. 산속 짐승들 중 정점에 있는 '일본늑대'의 힘을 빌리고자 예로부터 수많은 사람들이 이곳을 찾아왔다.

"내가 어렸던 때부터 여우에 들린 사람이 자주 왔었답니다. 어느 숙소에 묵고 있는지 모두들 알고 있었지요. 우리 집에서도 여우 들린 사람이 묵은 적 있었어요. 그 사람은 손을 살짝 구부리면서 구석진 곳에 숨었지요. 사람 몸에 들린 존재를 쫓아내는 의식은 대체로 한밤중인 12시쯤 시작해요. 화살을 쏘는 '히키메(蟇目, 목련이나 오동나무로 만든 대형 화살을 사용하는 의식-역주)'부터 시작하는데요, 캄캄한 어둠 속에서 양초 불빛만 켜고 진행합니다. 용케 여우를 잘 쫓아내면 옛날에는 일본늑대의 뼈를 깎아 먹게 했다더군요. 지금도 깎았던 흔적이 남아있는 두개골이 있습니다."

미타케신사까지는 울창한 삼나무 숲 참배로가 하계에서 쭉 이어지고 있다. 이 길에는 이른바 '나가는' 곳이 있다고 한다. 그곳은 커다란 참배로가 구부러지는 지점으로 하얀 기모노를 입은 여성이 자주 서 있다고 한다. 언뜻 보기에 상당히 옛날 분 같아서, 과연 이곳은 역사가 숨 쉬는 장소라는 사실을 새삼 느낀다고 한다.

*

신사에 가까운 참배로에서 옛날부터 쭉 참배자 대상 숙박소를 운영해왔던 분의 이야기다.

"신기한 '모노'요? 맞아요, 딱 한 번 본 적 있답니다. 15년 전의 겨울이었지요. 시간은 오후 7시경이었고요. 근처에 일이 있어서 아는 할머니와 함께 걷고 있었어요."

엄동설한의 시기인지라 주변은 완전히 어둠에 휩싸여 있었다. 좁은 길을 걷고 있는데 뭔가가 날고 있었다. 크기는 농구공 정도였고 청록색으로 빛나고 있었다. 신비한 물체는 10m 정도 위를 천천히 날아다니고 있었다.

"에구머니? 저건 대체 뭐지? 신기하게 생각하면서 할머니에게도 말을 걸었거든요? 할머니, 저기요, 빨리 저길 보세요! 그런데 할머니 움직임이 너무 굼떠서 시선이 거길 따라가지 못하는 거예요. 신기한 것이니 이왕이면 둘이 함께 보고 싶잖아요."

할머니에게 어떻게든 보여주려 하지만, 할머니는 도저히 고개를 재빨리 돌릴 수 없다. 결국 할머니가 미처 그 속도를 따라잡지 못하는 사이에 수수께끼 같은 빛은 사라져 버렸다.

"개인적으로 신기한 이야기라 해봐야 고작 그 정도네요. 근데 우리 남편은 어린 시절 엄청 무서웠던 적이 있었다더군요."

지금은 고인이 된 남편 분께서 어린 시절 동생과 둘이서 자기 집 목욕탕 안에 있었을 때의 일이다. 평소처럼 욕조 속에서 둘이 놀고 있는데 갑자기 '쿵' 하는 소리가 났다.

"뭐야? 지금 그 소리?"

"뭐가? 아무 소리도 안 들리는데?"

두 형제는 김이 모락모락 서려 있는 욕실을 바라다본다. 그러자 또 '쿵' 하는 소리가 났다. 아무래도 뭔가가 목욕실 창문에 부딪힌 모양이다.

"날다람쥐라도 부딪힌 게 아닐까?"

"형, 저길 봐"

동생의 말이 끝나기도 전에 걱정스러워진 형이 욕조에서 일어나 창문에 얼굴을 가깝게 댔다.

"우와아아아아!!"

엄청난 소리에 동생도 욕조에서 벌떡 일어섰다. 창문 바깥으로 보인 것은? 한 사내의 얼굴이었다! 목욕탕 알전구의 빛에 반사된 사내의 얼빠진 표정은, 그야말로 공포 그 자체였다.

꼼짝도 할 수 없게 된 형제에게 더더욱 무시무시한 사건이 터졌다. 사내가 창문을 열고 들어오려고 한다! 뭔가 중얼거리면서 창문에 손을 댄 정체불명의 모습에 극도로 당황한 형제는 벌거벗은 채로 목욕탕에서 뛰쳐나와 버렸다.

"엄청나게 무시무시했던 것 같아요. 그런데 가족들이 주위를 둘러봐도 아무도 없었고 창문도 열리지 않았대요. 그러고 나서 다음 날 연락이 와서 친척 중 한 사람이 마침 그 시간에 세상을 떠났다는 소식을 듣게 되었고요."

마지막으로 인사를 하러 왔던 사람은 다정하게 목욕하는 형제와 함께 있고 싶었던 것일까. 그러나 형제들에게는 무척이나 무시무시한 추억이 되고 말았다.

"역시 사람은 죽을 때 알리러 오는 걸까요. 누군가 죽으면 대체로 나오는 모양이더라고요. 옆집 할아버지가 죽었을 때는 4, 5일 정도 계속 집안 여기저기에서 소리가 났대요. 할아버지가 돌아왔다고 느꼈다더군요. 하지만 우리 아저씨(남편)는 도통 오지를 않네."

남편 분이 돌아가신지 반년이 지났지만 여태껏 아무런 소식이 없는 것이 살짝 유감스러운 듯하다. 그 이야기를 옆집 할머니에게 했더니, "아직도 안 왔어?"라면서 깜짝 놀랐다고 한다.

대보살 여성

야마나시현(山梨県) 고스게촌(小菅村)은 다마강(多摩川)의 원류 지역이다. 행정구역상 야마나시현에 속해 있지만, 무슨 일이라도 생기면 인접한 도쿄 쪽으로 오는 것이 오히려 편리한 지역이다. 이런 고스게촌에서 사냥이나 숯 굽는 일을 오랫동안 해왔던 오쿠아키 다다토시(奧秋忠俊) 씨가 들려준 이야기다.

"이 근처에도 있었지요. 여우에게 들렸다고 해야 할까요? 어쨌든 이상해진 사람이 있었어요. 미쓰미네산(三峯山)에서 법사님을 불러와 기도해달라고 한 적도 있지요. 옛날엔 촌에도 법사님이 여섯 명 정도는 있었던 것 같은데. 물에 휩쓸려 어디로 갔는지 모르는 사람이 있을 때도 법사님에게 물었고."

강물에 떠내려가 행방불명이 된 젊은이가 있었다. 아무리 해도 찾을 길이 없어서 마을 사람들이 법사님에게 호소했더니…….

"커다란 통을 강물에 내던지라고 하는 게 아니겠어? 그것이 흘러가서 멈추는 곳에 가라앉아 있다고. 자연스럽게 거기에 다다를 거라는 말씀이었는데."

시키는 대로 커다란 통을 강물에 집어던졌지만, 젊은이는 결국 발견되지 않았다. 도통하신 법사님에게도 쉬운 일과 난감한 일이 있었던 모양이다. 개중에는 의사마저 포기해 죽을 날짜만 받아놓았다는 사람을 기도만으로 씻은 듯이 낫게 해준 법력의 소유자도 있다.

*

"'감쪽같은 행방불명'이라는 소리는 들어본 적 없지만 마을에서 아이가 갑자기 사라져 난리가 났던 적은 있었지요."

지금으로부터 50년 이상 이전의 일이었다. 마을 학교에서 행사가 있었는데, 당시엔 아이들 숫자가 많았고 마을사람들 모두가 모였기 때문에 대단히 북적거렸다. 해질 무렵 슬슬 파장 분위기가 무르익었을 때, 한 할머니가 다급한 표정으로 운동장 여기저기를 살펴보기 시작했다. 같이 있던 손녀딸의 모습이 갑자기 보이지 않았기 때문이다. 흐트러진 머리를 가다듬지도 못한 채 정신없이 손녀의 이름을 부르고 다니는 할머니. 당장 한바탕 난리가 나서 마을 사람 모두가 학교와 주변을 찾아보았다. 그러나 결국 발견되지 않았다.

"그러고 있는데 산에서 돌아온 사람이 말하는 게 아니겠어요? 한 여자아이가 혼자 산에서 걸어 다니는 것을 봤다고.

아무래도 여자 아이는 산으로 올라갔던 모양이다. 보통 일이 아니었다. 근린 소방단도 가세해 대규모 수색작업이 시작되었다.

"결국 발견되긴 했는데, 그게 말도 안 되는 장소였지요. '대보살 고개(다이보사쓰토게[大菩薩峠], 야마나시현 북동부에 있는 표고 1,897m의 높은 고개로 굴지의 대중소설 제목으로도 저명함-역주)였거든요."

촌에서 받았던 지도를 펼쳐 확인해보고 깜짝 놀랐다. 사라졌던 마을에서 '대보살 고개'까지는 10km 이상 거리가 떨어져 있었기 때문이다. 심지어 쉽사리 걸을 수 있는 산길도 아니었다.

"도중에 와사비 밭으로 가는 길이나 작업로 따위가 아주 많아서 상당히 복잡한 길이거든요. 계곡 쪽으로 갔다면 사단이 났겠지만, 그나마 똑바로 산 쪽으로 올라갔기 때문에 다행이었지요."

10km 이상의 캄캄한 산길을 고작 다섯 살짜리 여자아이가 혼자서 걸어갔다니, 놀랄 일이었다. 발견 당시에도 별반 두려워하는 기색이 없었으며 울먹이지도 않았다고 한다. 심지어 집에 돌아가자 방실거리며 즐거운 듯이 들떠 있었다고 한다.

"몸이 아주 튼튼했군요."

"글쎄요. 덴구(天狗, 일본의 요괴-역주)님이 데리고 가셨던 거라고 모두들 수군거렸지요. 그래서 한동안 그 아이를 '대보살'이라고 불렀지요."

별명이 '대보살'이 된 아이는 노년에 접어든 지금, 더더욱 건강해졌다.

＊

이야기를 듣고 있는데 파마를 하고 돌아온 사모님, 하쓰코 씨도 이야기에 가세해주셨다.

"히토다마? 불구슬이란 거요? 딱 한 번 본 적이 있어요. 1970년(쇼와 45년) 2월이었지요. 오렌지색보다 살짝 빨간 느낌이 나는 불구슬이 날아왔거든요."

난생 처음 보는 수수께끼 물체에 하쓰코 씨는 무척이나 놀랐다.

그러나 더더욱 놀랄 일이 바로 벌어졌다.

"그 불구슬이 날아온 쪽에 있던 집에 불이 난 거예요!"

화재와 히토다마의 인과관계는 알 수 없지만, 침몰선에서 쥐가 도망치는 것과 마찬가지일 것이다.

마을 안에는 신기한 돌이 있다. 이 돌은 오쿠아키 씨 댁에서 조금 산 쪽으로 올라간 곳에 놓여 있는데, 밤에 우는 갓난아이를 뚝 그치게 하는 효험이 있다고 한다. 크기는 사람 주먹 크기 정도로 작다.

"우리 집 애도, 손주도 밤에 너무 울었거든요. 그래서 돌이 있는 곳으로 가서 향을 피우고 절을 했지요. 그날부터 거짓말처럼 밤에 울지 않았어요. 정말 신기했지요."

당연히 부부가 함께 경험한 이야기다. 영험함으로 가득 찬 작은 돌은 특정 장소에 귀하게 모셔져 있는 건 아니다. 외부에 그대로 노출된 상태로, 작은 대 위에 놓여 있을 뿐이다. 그래도 서민의 소망을 들어주는 작은 돌인데, 그 유래는 자세히 알려져 있지 않다.

이루어지지 않았던 기도

아오야기 가즈오(靑柳—男) 씨는 초등학교 6학년 무렵부터 철포를 쏴왔다. 그런 의미에서 뼛속까지 엽사라고 할 수 있는데, 오늘날에는 있을 수 없는 일이지만 과거 산촌에서는 별반 드문 일이 아니었다.

"어린 시절엔 짚신을 신고 미쓰미네산까지 걸어서 참배를 하러 다녔지요. 8시간 이상 걸리곤 했어요. 녹초가 되어 숙소로 들어가면 그곳 아주머니가 말씀하시길, 한밤중에 늑대님이 오시니 아침에 일어나면 복도를 보라고 하는 거예요. 발자국이 남아 있는 모양이지요."

"보셨나요? 그 발자국?"

"아니요. 아침이 되면 아무도 그런 말을 기억하지 않고, 확인도 하지 않아요."

*

지역색 탓인지 늑대에 관한 이야기가 적지 않다. 아오야기 씨의 숙모님은 늑대를 구한 적이 있다고 한다.

"숙모님이 집에서 자고 있는데, 뭔지는 모르겠지만 밑에서 이상한 소리가 났다고 해요."

마룻바닥 밑에서 들려오는 섬뜩한 소리는 뭔가 살아 있는 것의 목소리처럼 들리기도 했다. 신경 쓰인 그녀가 용기를 내서 밖으로 나가 확인을 해보니······.

"토끼의 뼈 같은 것이 입 주변에 박힌 늑대가 괴로워하고 있었던 모양이에요. 그래서 숙모님이 '절대로 달려들면 안 돼, 알겠어? 물지 마!'라고 말하면서 그걸 빼 주었지요."

"세상에 늑대를 구했군요! 늑대가 은혜를 갚았나요?"

"아니요, 전혀요. 아무 일도 없었지요."

물론 공식적으로 늑대가 멸종되었다고 알려진 이후의 일이다. 들 개였을 가능성도 있지만 숙모님은 틀림없는 늑대였다고 말했다.

*

아오야기 씨는 오랜 세월 산에서 일을 해왔다. 온갖 현장에서 벌 채를 했는데, 일을 하다 보면 자르고 싶지 않은 나무도 종종 있다.

"신이 깃들어 있는 나무는 단박에 알 수 있어요. 절대로 자르면 안 된다는 느낌이 확 오지요."

하지만 일은 일이다. 피치 못하게 꼭 잘라야만 하는 경우가 있다. 그럴 때는 소금과 쌀, 술을 바친 뒤 두 손을 합장하면서 아무쪼록 무 사히 끝낼 수 있도록 신에게 기원한다. 하지만 그래봐야 소용없는 상대도 있다.

"한참 전의 일인데요. 소나무 방제 작업 때문에 거대한 적송(赤松) 을 베어야 했어요. 신이 깃들어 있던 나무였지요. 정말 내키지 않 지만, 피치 못할 상황이라 합장을 하고 기도를 드린 다음 베기 시작했어요."

　장소도 약간 까다로운 곳이었다. 바로 밑에 덤프가 지나가는 작업로가 있었기 때문에 그쪽으로 쓰러뜨리면 안 된다. 그래서 신중하게 작업을 시작했는데…….

　"막상 쓰러지기 시작하자 그게 갑자기 내 쪽으로 쏟아지는 거예요. 내 주위에 있던 작업원들은 잽싸게 도망쳤지만, 나는 공교롭게도 그 나무와 눈이 마주치는 바람에 꼼짝도 못 하게 되었지요. 정신을 차리고 보니 구급차에 실리는 와중이더라고요."

　아오야기 씨는 늑골 여덟 대가 부러지고 헬멧까지 쪼개지면서 머리에도 깊은 상처를 입었다. 20일 이상이나 운신을 하지 못한 상태로 병원 신세를 지게 되었다.

　"아는 사람이 말하더군요. 그런 나무엔 덴구(天狗, 일본의 요괴-역주)가 쉬고 있으니 조심해야 한다고요."

뱀의 울음소리

일본 각지에 있는 산에서 '거대 뱀'이라고 부를 만한 큰 뱀에 관한 이야기를 자주 들었다. 고온다습한 일본의 자연환경은 뱀에게 안성맞춤일 것이다. 물론 이곳 고스게촌에서도 거대한 뱀은 보기 드문 존재가 아닌 모양이었다.

"7, 8척 정도 되는 뱀이 있긴 있지요. 집에서도 거대한 뱀의 허물이 발견되거든요. 가장 까무러치게 놀랐던 것은 '소리 내어 우는 뱀'이었어요."

아오야기 씨가 산 속 와사비 밭에서 일을 하고 있을 때였다. 아침부터 붙잡고 있던 작업을 마무리하고 일찌감치 점심 도시락을 먹어치운 뒤 한숨 돌리고 있는데⋯⋯.

"편하게 누워 쉬고 있었어요. 그랬더니 옆쪽에서 뭔가가 소리 내며 울더라고요. 우는 목소리 한번 끝내주더군요. 굴뚝새 소리인가 싶어서 그쪽을 쳐다봤지요."

소리 나는 쪽으로 얼굴을 돌리자마자, 모골이 송연해지면서 소름이 돋았다. 30cm 정도 앞으로 거대한 뱀의 얼굴이 보였다.

"세상에나, 어마어마하게 커다란 뱀⋯⋯, 혀를 날름거리고 있는데, 그 혓바닥 두께가 자그마치 담배개비 정도는 족히 되는 두께⋯⋯."

뱀의 머리통은 소프트볼 공 정도는 되었을 것이다. 소름끼치게 날름거리는 혓바닥 끝은 놀랍게도 자그마치 세 갈래로 갈라져 있는 게 아닌가! 심지어 목청 좋은 울음소리를 내던 주인공은 바로 그 거대 뱀이었다!

"세상에나, 뱀의 목청이 아주 끝내주더라고요. 정말 무시무시했어요. 당장이라도 내 목덜미를 휘감고 피를 빨아먹지 않을까 싶어서요."

아오야기 씨는 죽을 힘을 다해 벌떡 일어나 손에 들고 있던 막대기로 뱀을 무지막지하게 내리쳤다. 이후 주변을 둘러보았는데 그때 본 뱀의 사체는 발견되지 않았다.

"아는 사람이 말하기를 그 근방엔 절대로 죽이지 못하는 뱀이 있다더라고요. 그 이야기를 들은 지 얼마 되지 않아 그 일이 터졌지요. 맨 처음 그 소리를 들었을 때는 말도 안 된다고 생각했었는데, 그래서인지 막상 보고 더 놀랐어요."

*

아오야기 씨는 이후에도 거대 뱀과 조우한다.

"차로 임도를 달리고 있었어요. 오른쪽이 산이고 왼쪽은 계곡이었지요. 그 사이에 난 임도를 달리고 있는데 갑자기 비가 쏟아지기 시작하는 거예요."

굵은 빗방울이 쏟아지는 소리를 들으며 문득 앞을 보니, 이상했다. 창문에 빗방울이 전혀 부딪히지 않는 것이다.

"빗소리가 아니라면 대체 이게 무슨 소린가 싶어서 차를 천천히 몰았어요. 그리고 잘 살펴보니 산의 경사면에서 엄청나게 큰 뱀이 소리를 내면서 내려오더라고요."

놀란 나머지 차를 세우고 그 모습을 살펴보자, 그 거대 뱀은 앞을 가로질러 아래쪽 계곡으로 내려갔다.

*

고스게촌에는 짓궂은 너구리도 있다. 아오야기 씨는 숯을 굽는 일도 하고 있었는데 동업자들로부터 흥미로운 이야기를 들었다.

"알고 지내는 숯쟁이가 다바산(丹波山) 고개에서 이상한 소리를 들었다더군요. 어디선가 마치 톱날 소리 같은 소리가 들렸대요."

아오야기 씨의 지인은 이상한 소리의 근원지를 찾아 주위를 샅샅이 수색해 마침내 정체를 규명했다.

"너구리였어요. 너구리가 이빨을 갈고 있더래요."

톱날 소리 흉내를 내고 있었다니, 너구리는 역시 산에서 일하기를 좋아하는 동물이라는 말일 것이다.

움직이는 웃음소리

　가나가와현에 뻗어 있는 단자와산(丹沢山) 계열 산지에는 매년 수많은 등산객이 찾아온다. 바비큐나 물놀이를 즐길 수 있는 간토 지방 굴지의 관광지이기도 하다. 도심부에서 접근하기 쉽다는 점이 최대 이유일 것이다. 그러나 입산이 용이한 반면, 지형이 복잡하고 험준한 지대도 많아서 조난 사고가 이어지고 있다. 그런 단자와산 계열 동쪽 끝자락에서 사냥하는 사람들에게 이야기를 들어보았다.

　＊

　과거에 총을 소지했던 여성들이라면 대부분 클레이사격을 하는 사람이었다. 요즘엔 실제로 사냥을 하는 여성들이 전국적으로 늘어나고 있는 추세다. 아쓰기시(厚木市) 중심지에서 가까운 히가시탄자와(東丹沢)에서 사슴이나 멧돼지를 노리는 하네이시 나쓰미(羽石菜津美) 씨도 그런 늠름한 여성 엽사 중 한 사람이다.

　"면허를 취득한 지도 벌써 6년째네요. 초창기엔 총을 소지하지 않고 그냥 견학만 했지만요."

　느닷없이 초심자에게 총을 쥐어주면서 사냥터로 몰아넣을 수는 없다. 총을 다루는 방법이나 지형처럼, 사냥에 앞서 알아두어야 할 것들이 있기 때문이다.

　"그땐 저 말고 견학자(남성)가 한 명 더 있었어요. 그래서 미즈노시

리자와(水の尻沢)라는 곳에서 산으로 올라가 능선로를 거쳐 사냥터 뒤편에 도착했어요."

선배 엽사 뒤편에서 두 명의 견학자는 사냥이 시작되기를 잠자코 기다린다. 어디선가 나타날지 모를 사냥감을 기대하며 꼼짝도 하지 않은 채 오로지 기다리고 있다. 사면을 따라 불어오는 기분 좋은 바람, 멀리에서 들려오는 새소리, 그리고 울창한 숲속은 그곳에 있는 것만으로도 충분히 기분 좋은 공간이었다.

"둘이 견학하면서 조용히 기다리고 있었거든요? 그랬더니 계곡 오른쪽 아래에서 사람의 목소리가 들려오기 시작했어요."

단자와산 계열은 극히 평범한 등산가들도 다수 오르는 지역이다. 똑같은 길을 엽사와 등산전문가가 연이어 걷는 모습을 종종 발견할 수 있다. 그런 지역에서 사냥을 하다 보면 몹시 신경이 쓰이기 마련이다. 하네이시 씨는 상황파악을 위해 소리 나는 방향으로 귀를 기울였다.

"제법 시끌벅적한 느낌이었어요. 아이들 여러 명의 목소리도 들렸고요. 심지어 여자 목소리까지 들렸답니다. 마구 떠들어대는 아이들을 제지하는 느낌의 목소리로요."

사냥터에 주의를 당부해두는 편이 좋겠다고 생각하던 차에, 묘한 일이 벌어졌다. 지금까지 줄곧 계곡 오른쪽 아래 방향에서 들려왔던 소리가 느닷없이 왼쪽 윗 방향에서 들려오기 시작했다. 갑자기 어안이 벙벙해 소리가 나는 쪽으로 얼굴을 돌리자, 역시 아까처럼 시끄럽게 떠드는 아이들 목소리, 그리고 여자 목소리가 들린다.

"갑자기 다른 방향에서 소리가 들려 의아했어요. 그런데 조금 시간이 지나자, 이번은 또 다른 방향에서 들려오는 거예요. 잘 들어보니 내 주위를 그 목소리가 빙글빙글 돌고 있는 것 같았어요. 그야말로 길을 걷고 있는 '모노'가 아닐까 하는 생각이……."

길을 걸어서 올라가는 사람이라면 주의할 필요가 있겠지만 그게 아니라면 어쩔 수 없다. 하네이시 씨는 자기 주위를 맴도는 희한한 목소리를 그냥 흘려듣기로 했다. 실제로 막상 사냥이 시작되자 목소리는 더 이상 신경 쓰이지 않았다. 그러나 사냥이 끝난 다음, 자기와 함께 했던 견학자나 엽사에게 확인을 했더니,

"목소리? 아니, 그딴 건 전혀 안 들렸는데요?"

"그건 혹시 사슴이 아닐까요?"

그토록 확실히 들렸던 신기한 웃음소리도 그들의 귀에는 전혀 다르지 않았던 것이다.

집요한 방울소리

하네이시 씨는 엽사가 아닌 등산가로도 단자와산 계열의 산지를 자주 방문하는데, 이럴 경우 원칙적으로 혼자 간다.

"저는 기본적으로 혼자 오르고 싶어요. 누가 있으면 서로 이야기를 나누어야 하지 않습니까? 그게 싫어요. 그래서 항상 혼자서 올라가요."

3년 정도 전에 하네이시 씨는 평소처럼 혼자서 니시탄자와(西丹沢)의 히노키보라마루(檜洞丸, 단자와 산지 서부에 위치하는 해발 1,601m의 산-역주)를 오른 적이 있다. 연휴 전이라 그런지, 산에서는 사람의 그림자조차 찾아볼 수 없었다.

"쓰쓰지신도(ツツジ新道, 히노키보라마루에 올라갈 수 있는 등산 코스 중 하나로 5, 6월에 피는 다양한 철쭉꽃으로 유명함-역주)에서 암벽 지대를 올라간 부근에서 안개가 생기기 시작했어요."

처음엔 옅었던 안개가 차츰 자욱해졌다. 어느새 하네이시 씨는 유백색 바다에 완전히 삼켜진 상태였다. 주위가 전혀 보이지 않는데도, 몹시 밝았다.

"너무 밝은 나머지 오히려 꺼림칙해질 정도였어요. 발을 어디에 디뎌야 할지 조심하면서 천천히 올라가고 있었는데, 갑자기 소리가 들리기 시작하더라고요."

방울소리 같았다.

'찰랑 찰랑 찰랑 찰랑'

무슨 소리일까? 가던 길을 멈추고 귀를 기울이자,

'찰랑 찰랑 찰랑 찰랑'

어디에서 들리는지 확실치 않다. 그러나 틀림없이 방울소리가 들렸다.

"처음엔 등산하는 사람의 배낭에서 나는 소리일 거라고 생각했어요. 방울 같은 걸 매달아 두어서 소리가 들리는 거라고 생각했지요."

그러나 들려오는 것이라곤 오로지 방울소리뿐이다. 등산하는 사람의 발걸음소리 같은 건, 도무지 들리지 않았다. 다소 의아했지만, 원래 그런 것에 동요하지 않는 하네이시 씨는 그대로 계속 올라갔다.

"계속해서 찰랑거리는 소리가 들리는 거예요. 그러다 보니 차츰 귀 바로 옆, 아니 귀 안에서 들리는 느낌까지 나더군요. 끝까지 올라간 부근에서 안개가 걷히기 시작하자, 더 이상 들리지 않게 되었지만."

태연함이 가장 강인하다. 혹시라도 패닉에 빠져 내달리기 시작하면 자칫 미끄러질 수도 있다. 동요하지 않는 것도 재능이다.

*

안개가 걷히자 순식간에 날씨가 회복되어 봄날의 산들이 얼굴을 내민다. 그러나 이상한 일들은 계속 이어졌다.

"점심 지나 이누고에지(犬越路, 단자와 산지 서부에 있는 고도 1,060m의 고개-역주)에 진입해 능선로를 걷고 있었어요. 아침부터 제법 걸어 상당히 진이 빠져 잠시 쉬고 싶었는데……."

좁은 능선로는 양 사이드가 절벽이었고 덤불로 뒤덮여 있었다. 잠시 쉴 만한 공간을 도무지 발견할 수 없다. 그래서 하네이시 씨는 '에라 모르겠다' 하면서 능선로에 주저앉았다. 맑은 산 공기, 드넓은 공간은 독특한 정적으로 가득 차 있다. 끝내준다. 혼자 올라오는 최대 이유는 바로 여기에 있었다.

"잠시 쉬고 있었는데, 아래쪽에서 발걸음소리가 들려오기 시작했지요."

'저벅 저벅 저벅'

틀림없이 등산하는 사람의 소리였다. 심지어 필시 남성일 것이다.

다른 사람과 이야기하고 싶지 않은 하네이시 씨는 얼굴을 마주치는 것조차 귀찮았기 때문에 다시 걷기 시작했다. 그것도 빠른 발걸음으로.

"추월당하기도 싫어서 재빨리 올라갔어요. 상당히 먼저 가서 약간 높은 곳까지 올라갔어요."

이쯤까지 왔으면 일단 안심이 된다고 생각하고 그제야 뒤를 돌아보았다. 도대체 어떤 사람이 올라오는지 확인해보고 싶은 마음도 들었기 때문이다.

"근데 아무도 없는 거예요. 그곳은 전망이 탁 트여 있어서 멀리까지 내다보이거든요. 뒤에서 누군가 오고 있는 사람이 있었다면 분명히 보였을 거예요."

그런데 아무도 없었다.

이런 희한한 발걸음 소리는 등산하는 곳곳에서 들린다. 안개 속, 어둠 속, 그리고 덤불 속. 그 정체는 아무도 모른다. 대부분은 무해하지만, 개중에는 압박을 가하면서 바싹 다가오는 '모노'도 있다. '좋은 발걸음 소리'와 '나쁜 발걸음 소리'의 차이를 지적하는 사람도 있지만, 소리만 듣고서 어떤 것인지 밝혀낼 수는 없다. 가능하면 마주치고 싶지 않은 존재다.

*

하네이시 씨는 소리만이 아니라 신기한 빛도 본 적이 있다. 그녀가 초등학교 시절의 일이다. 집안에 있는 창문을 통해 무심코 바깥을 내다보고 있는데 신기한 물체가 눈에 들어왔다.

"세 개의 빛이 나타났어요. 크기는 농구공 정도였을까요."

신기한 움직임이었다. 마치 세 마리의 동물이 서로 장난을 치고 있는 것처럼 각각 꼬리를 끌면서 허공을 날아다닌다. 한동안 바라보고 있었는데, 세 개의 물체가 갑자기 하나의 덩어리가 된 다음 크게 흔들리는가 싶더니, 결국 사라져 버렸다고 한다.

매가 본 '모노'

사냥을 하려면 면허가 필요하다. 총기를 다루는 제1종(裝藥銃, 장약총)과 제2종(공기총), 그리고 제3종(함정 수렵)이나 기타 망을 이용한 사냥 면허 등으로 나뉜다. 지역성이나 포획물의 종류에 따라 해당사항이 있는 면허를 취득해야 한다.

이런 범주에 들어가지 않는 사냥 방식에 자유 수렵(자유렵)이라는 것이 있다. 가장 간단한 자유 수렵은 돌을 던져 사냥감을 잡는 방식이다. 물론 이것도 제멋대로 해서는 안 된다. 각각의 자치단체에서 수렵 면허를 취득해 법률에 따라 행해야 한다. 말은 자유지만, 뭐든지 가능하지는 않다. 모든 사람들이 알고 있는 전통적인 매사냥은 이런 자유 수렵으로 구분된다. 총을 가지고 하는 사냥과 함께 매사냥도 하고 있는, 좀처럼 보기 드문 한 엽사의 이야기다.

*

가토 미쓰히코(加藤光彦) 씨는 스스로를 매잡이라고 칭한다. 이유는 매사냥꾼이라고 말할 수 있는 사람은 그것을 생업으로 삼는 경우로 한정된다고 생각하기 때문이다. 자신도 매사냥을 하고는 있지만 생업과는 거리가 멀다. 그래서 '사냥꾼'이라고 하지 않고 '잡이'라고 칭하고 있다.

"매잡이가 된 지 15년 정도 지났을까요. 제겐 별로 신기한 일이 일어나지 않았지만, 매와 함께 산에 올라가면 문득 의아해질 때가 있습니다."

매사냥은 매가 제멋대로 사냥감을 잡아와주는 사냥이 결코 아니다. 매는 항상 사람 손에 머물면서 함께 사냥터에서 움직인다. 그리고 사냥감을 발견하면 덮치지만, 그렇다고 제멋대로 날아가는 것은 아니다. 우선 사람보다 몇 배나 멀리까지 내다볼 수 있는 매가 아득히 저편에 있는 사냥감을 발견한다. 그런 미세한 변화를 눈치 챈 사람이 사냥감 방향으로 매를 향하게 한다. 매가 사냥감을 발견해도 사람이 그것을 알아차리지 못하면 매는 의지를 잃어버리는 것이다. 그야말로 사람과 매가 하나가 되어 호흡해야만 비로소 매사냥이 가능하다. 그런 까닭에 평상시부터 매와 인간이 신뢰관계를 구축하는 것이 매우 중요하다.

"매를 길들이려면 매를 사람의 팔뚝에 머무르게 해서 사람과의 행동에 익숙해지도록 훈련시켜야 합니다. 그런 이유 때문에 대체로 산엔 한밤중에 올라갑니다. 오후 11시경부터 늦으면 오전 1시, 2시경까지 걷습니다. 낮 동안에는 하지 않습니다. 매는 시력이 좋아서 낮에는 너무 잘 보이거든요. 그래서 밤에 걷습니다."

*

어느 날 가토 씨가 매를 길들이는 훈련을 하러 산에 오르고 있는데, 매에게 이변이 생겼다. 가토 씨의 팔뚝에 앉아 있던 매가 팔뚝을

세게 조였기 때문이다. 이는 매가 긴장했거나 두려움에 사로잡혔다는 증거다. 무슨 일이 생긴 것이다. 매의 모습을 확인해보니 평소보다 홀쭉해져 있다. 긴장감을 풀면 몸이 풍만해지는데 잔뜩 긴장을 하다 보니 가늘어진 것이다.

"진짜 두려우면 아예 도망가 버리거든요. 다행히 그 정도까지는 아니었지만, 그래도 명백히 이상했어요. 뭔가에 반응하고 있었던 거지요."

매는 어둠에 휩싸인 숲을 응시하고 있었다. 거기에 뭐가 있는지, 가토 씨도 한참을 뚫어져라 응시해보았지만, 아무것도 보이지 않는다. 가토 씨가 걷기 시작하자 그 움직임에 따라 매의 고개도 움직인다. 분명 하나의 점에서 눈을 떼지 못하고 있다는 소리다. 틀림없다, 저기엔 매를 긴장시키는 뭔가가 있다. 가토 씨는 그렇게 확신했다.

"그리고 몇 번인가 그 장소에서 훈련을 했는데 항상 동일한 장소에서 매가 굳었지요. 신경이 쓰여 낮에 혼자 확인해보러 갔는데, 아무것도 없었어요. 아주 평범한 숲속이었지요. 정말 신기했어요. 대부분의 새가 밤에 앞을 잘 보지 못해서 야맹증을 '새의 눈'에 비유하곤 하잖아요. 그건 거짓말입니다. 어둠 속에서도 매는 제법 앞을 보거든요."

칠흑 같은 어둠 속에 뭔가가 있다. 매를 긴장시키는 뭔가가 그곳에 존재했던 것은 분명한 듯하다.

어둠 속에서 웃는 사내

가토 씨의 사모님인 요코(葉子) 씨도 산을 좋아한다. 요코 씨가 학창시절 직접 경험했던 이야기다. 당시 등산부에 소속하고 있던 요코 씨는 세 친구들과 함께 나가노현 가라사와(涸沢)에 오른 적이 있다. 여름방학 기간 중 '여자들만의 파티'라는 명목으로 이루어진 산행이었다. 1주일에 걸친 장대한 산행이었다. 기대와 불안이 교차했던 첫날을 무사히 마치자 안도감이 온몸 구석구석까지 퍼져갔다. 텐트장에서는 여기저기에서 파티가 벌어지고 있었다. 요코 씨 일행도 즐겁게 저녁식사를 마치고 일찌감치 텐트 안으로 기어들어갔다. 한동안 서로 이야기를 나누었지만 차츰 모두들 조용해진다. 요코 씨도 침낭 안에서 이런 저런 생각에 잠겨 있었다. 아직 첫날이라 그런지, 그 정도로 피로하지는 않았다.

얼마나 시간이 지났을까. 꾸벅꾸벅 졸기 시작한 요코 씨는 몸의 방향을 뒤집으려고 했다.

"갑갑해서 침낭 밖으로 양손을 내놓고 자고 있었거든요. 그러다 몸의 방향을 뒤집으려고 하는데 몸이 움직이지 않는 거예요. 어라? 이게 뭐지? 하면서 눈을 떴어요."

몸이 움직이지 않았던 이유, 단박에 알 수 있었다. 누군가가 양손을 단단히 붙잡고 있었기 때문이었다. 물론 동료 이외의 낯선 누군가가.

"그런데 참 희한하게도 도통 무섭지가 않았어요. 괴롭힌다는 느낌이 아니라 장난삼아 꼬옥 붙잡고 있는 것 같은, 어쩐지 장난치는 느낌이었거든요."

요코 씨가 그렇게 느꼈던 데에는 까닭이 있었다. 낯선 누군가가 웃고 있었기 때문이다. 결코 기분 나쁜 웃음이 아니라 즐겁게 웃고 있었다.

"분명히 남자였어요. 그 존재가 내 머리맡에 정좌한 채 침낭에서 바깥으로 나와 있던 양팔을 붙잡고 있었어요. 칠흑 같은 어둠 속이 었지만, 그 입가 주변은 보였지요, 빙긋 웃는 입과 치아가, 또렷하게. 마치 체셔 고양이(『이상한 나라의 앨리스』의)처럼요."

유머러스한 광경에 요코 씨는 생각했다. 이것은 결코 무서운 '모노'가 아니다. 안전한 '모노'다. 그리고 깊은 잠에 빠질 수 있었다.

다음날 아침 눈을 뜨자 텐트 안에서 한바탕 소동이 일어난 상태였다.

"어제 뭔가 있지 않았어? 이상한 '모노'"

"역시! 있었지? 맞지? 뭔가 남자 같은 '모노'이지 않았어?"

"그래?? 난 몰랐는데!"

"있었어! 그건 절대 이 세상에 사는 '모노'가 아니라구!"

나 혼자만 느꼈던 것이 아니었다. 요코 씨는 한편으로 안심이 되었지만, 그 소동에 가담하지는 않았다. 모두들 정체를 알 수 없는 그 '모노'에 공포를 느꼈으나, 자신은 마음이 놓였기 때문이다. 그래서 그것이 나쁜 '모노'는 아니라는 소리를 차마 입 밖에 꺼내기 어려웠다.

"내 손을 꽉 잡았지만 그렇다고 가위에 눌릴 정도는 아니었고, 얼굴을 물끄러미 들여다보지도 않았거든요. 그냥 체셔 고양이처럼 짓궂게 웃고 있었을 뿐이지요."

*

요코 씨는 결코 감각이 둔한 사람은 아니다. 오히려 반대로 '몹시 신비한' 힘에 두려움을 느끼는 타입이다.

"바다보다 산에서 많은 것을 느껴요. 에너지라고 해야 할까요? 뭐라고 표현해야 할지, 잘은 모르겠지만 두렵다고도 여겨집니다. 모두들 아주 큰 나무에 손을 대거나 몸을 가져다 대지 않나요? 기운을 받는다느니 하면서요. 나는 그걸 도저히 못하겠더라고요. 반대로 빨려 들어가 버릴 것 같은 느낌이 들거든요. 그래서 나무에 손을 대지는 않아요. 손을 댈 때는 손가락 끝으로 살짝 눌러가면서 확인해요. 그러고 나서 괜찮을 것 같으면 그제야 손을 대지요."

사람들마다 제각각 감각을 측정하는 방식이 다르다. 같은 곳에서 같은 그림이 모두에게 보일 거라고는 장담할 수 없다.

개를 들여놓은 이유

오하라 고지(小原孝二) 씨는 40년 이상 사냥 경력을 자랑하는 베테랑이다. 짐승을 쓰러뜨리는 것을 엽사의 숙명으로 받아들이고 있지만, 그렇다고 살생을 좋아하는 사람은 아니다. 오히려 산과 거기서 생존하는 짐승들을 애틋하게 생각한다. 눈앞에 곰이 어슬렁어슬렁 내려오면 '네 이놈! 내가 쏜 총에 맞아도 되겠느냐?'라고 말을 걸 것 같은 엽사다.

"난 정말 바보거든요. 아무것도 느끼지 않고 아무것도 보이지 않아요. 사체가 여기저기에 널브러져 있어도 알아차리지 못한 채 그 위를 타고 넘어가면서 걷지요."

이것은 실제로 있었던 이야기다. 자주 함께 한 팀이 되는 젊은 엽사와 산에 올라갔을 때, 젊은이가 자살한 시체를 발견해도 바로 곁에 있는 오하라 씨는 전혀 알아차리지 못한 적이 두 번 정도 있었다. 이후 그 젊은 엽사는 '시체를 발견하는 사내'라고 불린다.

*

"산 속에 비옷이 있는 거예요. 아, 누가 또 손이 많이 가는 장난을 쳐놓았네, 라고 생각했지요."

그것은 바위 위에 앉아 있는 것처럼 놓여 있었다. 마치 사람이 쏘옥 들어가 있는 것처럼 비옷의 상하의를 입고 있다. 완전히 허수아

비다. 그런데 머리 부분엔 아무 것도 없었다.

"이봐, 이거 좀 보라니까. 이런 걸 만든 사람이 있다니까."

그러나 너무 부자연스러운 모습이었다. 동행자가 꼼꼼히 살펴보니 비옷 안에는 사람의 뼈가 들어 있었다. 주변을 둘러보니 조금 떨어진 곳에 두개골도 굴러다닌다. 누가 봐도 목을 매 죽은 시체였다. 단자와(丹沢)는 도심에서 가까운 탓인지 자살자가 많다. 숲을 헤치고 들어가 인생의 마지막 순간을 맞이한 사람들은 대부분 엽사들에게 발견된다.

*

오하라 씨는 아무것도 본 적이 없다고 말한다. 그런데 자살한 시체를 발견해서 회수 작업을 한 적은 있다. 그 자체는 대단한 일이 아니었는데…….

"시체를 발견한 이후부터였어요. 매일 밤 그랬지요."

"매일 밤 어땠는데요?"

"가위에 눌렸어요. 제발 다가오지 말라고 생각한 순간, 이미 움직일 수 없는 상태가 되어버려요. 진짜 나쁜 여자라니까요."

아무래도 발견했던 시신은 여성의 것이었나 보다. 감사 인사를 하고 싶은 것인지, 원망의 말을 늘어놓고 싶은 것인지 도무지 알 수 없으나, 매일같이 그녀는 얼굴을 내밀었다. 그런 상황이 한 달째 이어지자 오하라 씨도 도저히 견디기 힘들었다. 그래서…….

"개를 집안으로 들여놓았어요. 그때까지 개는 계속 바깥에서 길렀거든요."

"어떻게 되었나요?"

"개를 집안에 들여놓고 나서부터는 아무 일도 일어나지 않았어요!"

그녀는 개가 어지간히 싫었던지 두 번 다시 나타나지 않았다. 이리하여 오하라 집안의 개는 집 안에서 살게 되었다.

*

오하라 씨 본인은 아무것도 느끼지 않고 아무것도 보이지 않는다고 완강히 말하지만, 실제로는 그렇지 않다. 누구보다 먼저 느끼는 타입이다. 그래서 그 존재를 부정하고자 일찌감치 아무것도 보지 않고, 느끼지 않도록 미리 방안을 강구해놓았을 것이다. 기실은 '느끼는 타입'인 오하라 씨는 자연스럽게 감각을 컨트롤하는 방도를 몸에 익힌 게 아닐까. 모든 것을 받아들인다면 도저히 감당이 되지 않을 거라고 가늠해, 저절로 몸이 반응하고 있는 듯하다. 그러나 그 단계를 초월해 다가오는 '모노'도 가끔 있기에, 산은 결코 호락호락하지 않다.

내려오는 산의 신

산의 신은 여성이라고 전해진다. 질투심 많고 젊은 사내의 남근을 좋아하는 호색적인 면도 지닌 모양이다. 고대의 마타기는 첫 사냥을 나갈 때 가장 어린 사내를 벌거벗겨 산의 신의 기분을 살폈다. 그러면 사냥감이 잡힌다고 한다. 현재도 이것은 유효할지도 모른다.

단자와에서 사냥을 하는 핫토리 게스케(服部啓介) 씨는 산에서 하반신을 고스란히 노출시킨 다음 그것을 휘두르면서 돌린 적이 있다고 한다. 당시엔 효과가 단박에 나타나 그것을 흔들고 있자 당장 옆 경사면에 사슴 여러 마리가 나타났다. 효과가 대단하다고 생각되어 다음 사냥 때도 하반신을 노출시켜 흔들고 있었다. 그런데 문득 정신을 차리고 보니, 바로 옆에 사슴이 보이는 게 아닌가. 혹시 그것을 흔든 것이 대단히 효과적이었던 것은 아닐까? 그런 생각도 들었지만, 가장 큰 문제점은 도저히 총을 쏠 수 있는 상황이 아니라는 사실이다. 흔들고 있는 상태에서 발포하기란 여간 어렵지 않다. 그것을 알아차리고 짐승이 얼굴을 내미는지도 모른다. 너무나 살기가 없는 바람에.

*

"올 2월에 산에 올랐을 때의 일이지요. 마침 산의 능선 부분까지 올랐더니 거기에 자그마한 사당이 있더라고요."

산속에는 종종 혼령을 모시는 사당이 있다. 누가 모시는 사당인지, 어떤 신을 모시고 있는지는 알 수 없으나 핫토리 씨는 사당을 발견할 때마다 합장을 올린다.

"발견하면 언제나 그래요. 역시 신에게는 두 손 모아 예를 올려야 한다고 생각하지요. 우리가 방해하고 있는 것이니."

사냥감을 잡을 수 있게 해달라는 염원, 부상당하지 않게 해달라는 바램 등, 흔한 참배다. 그러고 나서 사냥이 시작되고 산속에서 하루를 보내면 저녁에는 전원이 무사히 귀갓길에 올랐다.

"돌아가는 길에 셋이서 차를 타고 아쓰기 시내를 향했습니다. 나는 뒷좌석에 앉았고 동료 두 사람이 앞에 있었지요."

시내로 들어서자 집들이 밀집해 있는 주택지 안을 향했다. 뒷좌석에서 무심코 앞을 보고 있던 핫토리 씨는 신기한 인물에 눈길이 멈췄다.

"어라? 이상한 사람이 오네? 그런 생각을 하면서 한참을 보고 있었어요. 약간 긴 단발머리에 하얀 옷을 입고 있었어요. 그 옷이 엄청 요상했지요."

그녀가 입고 있는 옷은 엄청나게 소매가 길었다. 아니, 정상적이지 않을 정도로 길다. 손의 길이보다 2배 이상은 될 것이다. 2m는 될 것 같은 긴 소매를 하느작거리며 해괴한 여성이 이쪽으로 다가온다.

"엣!! 도대체 뭐하는 사람이지? 이상하다 싶어서 앞에 앉아 있는 두 사람에게 말했어요. 저것 좀 봐봐! 이상한 사람이 다가오네!, 라고요."

그런데 앞에 앉은 두 사람은 알아차리지 못 한다. 어디에 있는지 모르겠다고 답한다.

"아니, 저기라니까! 바로 저기 있잖아! 눈앞에. 저 이상한 여자."

차의 바로 옆까지 와 있는 의문의 여성을 손으로 가리켜주었는데도 두 사람은 두리번거리고 있을 뿐이다.

"두 사람에게는 아무것도 보이지 않았던 거예요. 바로 옆을 스쳐 지나가는데도 보이지 않는다더군요. 말도 안 된다고 생각해 뒤를 돌아보았더니 역시 그곳에 있더라고요."

세 사람이 같은 방향을 보고 있었는데도 그녀를 본 것은 핫토리 씨뿐이었다. 훗날 그 이야기를 지인에게 했더니…….

"산의 신이었다더군요. 잘은 모르겠지만, 산의 신은 하늘거리는 것을 입는 모양이에요. 내가 산에 있는 사당에 합장을 했기 때문에 분명 함께 내려온 게 아닐까 싶다고 말하더군요."

산의 신도 가끔은 도회지에서 기분전환을 하고 싶었을지도 모른다. 귀여운 여신이다.

내장 공양

요코하마(橫浜)에서 총포상을 경영하는 이마무라 이쓰오(今村逸夫) 씨는 딱히 신기한 일은 경험한 적이 없었다고 한다. 그러나 인상에 남아 있는 사건은 있었다고 한다.

"사냥터에 도착하고 나서 조금 시간이 지나자 사슴 한 마리가 보였어요. 그때 나는 능선 부근에 있었는데 마침 바로 아래에서 사슴이 나왔지요. 50m 정도 되는 거리였을까요."

내려쏘기에 그다지 어렵지 않은 지점이었다. 총을 겨누고 사냥감을 향해 방아쇠를 당겼다. 총성이 주변에 메아리친다. 동시에 사슴이 쓰러져 구르는 것이 보였다. 이마무라 씨는 잡았다고 확신하면서 경사면을 내려왔는데…….

"어디에도 없는 거였어요. 확실히 맞춰서 굴러갔을 텐데. 이상하다고 생각해 4, 5m 범위를 뒤져봤는데 뭔가 냄새가 나는 거였어요."

불쾌한 냄새가 코끝을 찌른다. 이마무리 씨가 조심스럽게 냄새의 출처를 더듬어가자, 묘한 광경과 마주쳤다. 거대한 암석 위에 뭔가의 덩어리가 쌓여 있었다.

"처음엔 뭔지 잘 모르겠더라고요. 바위 위에 예쁘게, 누군가가 공양을 드린 것처럼 놓여 있었어요. 그게 대체 뭘 거라고 상상하세요? 세상에나, 내장이더라고요."

내장은 마치 누군가가 의도적으로 바위 위에 올려놓은 것 같았다. 올려놓은 방식이 아주 예뻤고, 가장 묘했던 것은 피가 전혀 뚝

뚝 떨어지지 않았다는 사실이다. 바위 위에는 내장만 아주 단정하고 깔끔하게 장식되어 있었다. 신선한 내장은 조금 전까지만 해도 여기 있었을 사슴의 것임에 틀림없다. 그래서 이마무라 씨는 탐색 범위를 넓혀 사슴을 찾았다. 100m 정도 사이를 계속 찾아다녔더니, 아니나 다를까 사슴 한 마리가 쓰러져 있다. 가까이 다가가 살펴보니 체내에서 내장만 쏘옥 빠져 있었다.

"쏜 탄알이 배에 맞아 내장이 튕겨져 날아갔겠지요. 그렇게 예쁘게 바위 위에 올라가 있던 것은 참 신기하지만, 단순한 우연이겠지요."

＊

아니 지역 마타기한테도 내장이 없는 곰 이야기를 들은 적이 있다. 배에 총알이 관통된 곰이 내장이 노출된 상태로 계속 도망가다가 나뭇가지나 덤불에 걸린 내장이 모조리 밖으로 쏟아져 나왔다는 이야기였다. 결국 이 곰은 죽게 되는데, 발견 당시에 배 안에는 아무것도 없었다고 한다.

이마무라 씨가 쏜 사슴이 순간적으로 내장을 모조리 잃어버린 것만은 사실인 것 같다. 그러나 그것이 공양물처럼 바위 위에 예쁘게 놓일 확률은 도대체 어느 정도나 될까? 아울러 피 한 방울 발견되지 않았던 이유는 뭘까? 이 점은 이마무라 씨에게도 참 신기했다.

영적 감각은 전염된다?

단자와산 주변 산지 지역에서 삼림감시원 활동을 하고 있는 분의 이야기다. 그는 중학교 시절부터 아버지를 따라 사냥터에 출입했다고 한다. 최근에는 좀처럼 보기 드문 경력의 소유자다. 과거 마타기 마을에서는 중학생만 되어도 몰이꾼 역할을 담당하게 되거나 총을 쏘는 일도 더러 있었고, 그것이 마타기가 되는 첫걸음이기도 했다. 그러나 요즘 같은 현대 시대엔 그런 아이가 전혀 없기 때문에, 중학생 시절에 대규모 사냥의 조수 역할을 하면서 사냥감 해체까지 경험한 사람은 좀처럼 찾아보기 힘들다.

그는 삼림감시원의 자격으로 지나치게 늘어나는 사슴의 개체수를 조절하고 있다. 매일같이 여기저기에 있는 산에 올라 사슴을 쏴야 하는 것이 자신이 해야 할 일이다. 대부분은 당일치기 권내 작업이지만, 가끔은 숙박을 겸한 경우도 있다. 깊은 산속까지 하루에 다녀오려면 시간낭비가 심하기 때문이다. 여름철엔 1박, 겨울철엔 2박 정도 산속 오두막에서 머물며 사슴을 쫓고 있다.

"산속 오두막에 묵기 전엔 반드시 미리 점검하러 갑니다. 필요한 물건이 있는지 확인해야겠지요. 점검하고 오라는 소리를 듣고 어느 오두막에 갔을 때의 일입니다. 그곳은 멀리서 봤을 때부터 이미 위험한 곳일 거라고 직감이 들었지요."

보통 오두막은 능선 가까이에 세워지는 경우가 많은데, 이 오두막은 하필 어두운 계곡 주변에 있었기 때문에 무척 음침한 분위기를 띠고 있었다. 꺼림칙하다고 생각하면서도 안으로 들어가 보자, 아니나 다를까 오두막 안은 습기를 잔뜩 머금은 답답한 공기로 가득 차 있었다.

"디지털카메라로 기록용 사진을 찍은 다음 확인해보니 방 안에 하얀 '모노'가 확 퍼져 있었어요. 가슴이 철렁했지요. 하지만 그때 나도 담배를 피우고 있었으니까, 어쩜 그 연기일 거라고 생각하고 다른 각도에서 또 한 장 찍었어요."

몇 장을 거듭 찍어도 마찬가지였다. 아무리 각도를 바꿔도 방 안에는 하얀 연기 같은 물체가 넘실거리듯 찍힌다.

"심령체(ectoplasm)라고 부르던가요? 정말 소름끼치는 존재였어요. 그런 다음부터는 머물 예정인 오두막은 반드시 사진 촬영을 해서 있는지 없는지를 확인하곤 하지요."

대부분의 산속 오두막을 도는 그는 오두막에 비치된 노트를 회수해 새로운 것으로 바꾸는 일도 하고 있다. 회수한 노트를 넘기다 보면 때때로 '나왔습니다'라는 기술이 있다고 한다. 무엇이 나왔는지는 상상에 맡기겠다.

*

그는 보통 사람보다 훨씬 민감한 체질 같은데, 학창시절에는 특히 엄청났다고 한다.

"영적 감각이 강한 사람과 함께 있으면 영향을 받는다는 말이 있지 않습니까? '보이는' 사람 옆에 있으면 그때까지 '보이지 않던' 사람까지 보게 된다고 하지요. 정말로 그렇더군요."

그의 학창시절, 영적 감각이 상당한 'S'라는 친구가 있었다. S는 온갖 것을 보고 느끼는 사람이어서 주위에 있던 사람들까지 영향을 받기 시작했다.

어느 여름 날 S를 포함한 친구들과 캠프를 갔다가 엄청난 일이 벌어졌다.

"장소는 그냥 평범한 곳이었어요. 딱히 이렇다 할 게 없었지요. 저녁밥을 먹고 흥겹게 놀고 있는데 텐트 뒤에서 뭔가 보이는 거였어요."

텐트 뒤는 숲이 펼쳐져 있었고 어둠의 세계였다. 그곳을 바라보던 S가 입을 열었다.

"저길 좀 봐. 뭔가 빛나지 않아?"

"응? 어디? 텐트 뒤? 아무것도 빛나지 않는 걸……."

말이 미처 끝나기도 전에 텐트 뒤쪽에서 허공으로 치솟는 빛의 덩어리가 보였다.

"단박에 알겠더라고요. 난처한 것이라는 걸요. 나도 모르게 라이트로 그 방향을 비췄지요."

최대한 빨리 어디론가 사라져주었으면 좋겠다는 그의 예상은 완전히 빗나갔다. 라이트로 비춰진 의문의 빛 덩어리는 텐트 뒤에서 튀어 오르더니 이쪽으로 날아왔다. 그리고 테이블 위에 놓여 있던 랜턴을 순식간에 날려버렸다.

"랜턴이 어딘가로 날아가면서 완전히 캄캄해졌어요. 모두 그야말로 패닉 상태에 빠져 마침 가지고 왔던 폭죽이라도 계속 날렸지요. 어떻게든 쫓아낼 생각으로."

*

당시엔 가족 여행을 떠나도 사진을 그다지 찍지 않았다고 한다. 어디서 무엇을 찍든 사진 가득 하얀 덩어리가 찍혀 기념사진이 나오질 않는다. 결국 사진 찍기를 포기했다. 사진만이 아니었다. 당시엔 가족들도 온갖 '모노'를 보게 되었다. 사모님은 어느 날 버스에 탑승 중이었는데 중간에 묘한 아이가 올라탄 적이 있다고 한다.

"문이 열리고 아이가 탔어요. 순간적으로 생각했지요. 어라? 오늘이 9월 1일이었던가?"

9월 1일, 즉 방재기념일이다. 버스에 올라탄 아이는 방재 두건을 뒤집어쓰고 있었다. 그래서 영락없이 훈련에 참가할 차림새로 버스에 탄 아이가 있다고 생각했다.

"이상한 아이라고 생각하면서 그 아일 바라보고 있었어요. 그런데 다음 순간, 눈 깜짝할 사이에 사라져버렸어요."

물론 그 날은 9월 1일이 아니었다. 사모님은 이 사건도 S의 힘이 발동된 결과라고 생각하고 있었다.

어제의 친구

히가시탄자와(東丹沢)에서 사냥을 하는 우에노 아카네(上野朱音) 씨에게 들은 이야기다. 우에노 씨는 엽사이자 요리가로도 활약하고 있는 '헌터 셰프'다.

"친구들 네 명과 오스타카산(御巣鷹山, 군마현[群馬県]에 있는 해발 1,639m의 산-역주)에 올라갔을 때의 일이에요. 일본항공 123편 추락 사고(1985년 8월 12일 오스타카산이 있는 군마현에 추락-역주)가 발생하고 3년 후였어요. 명목은 위령 등산이었지요. 아마 그날은 8월 13일이었을 거예요."

우에노 씨는 네 명의 친구와 오스타카산의 추락 현장까지 올라갈 작정으로 입산했는데, 중간에 몸 상태가 나빠져 혼자 기다리기로 했다.

"전날 버섯 요리를 먹었는데, 식중독까지는 아니지만 배가 아파서 도무지 움직일 수 없게 되었어요."

오르고 싶은 마음은 굴뚝같았지만, 도저히 배가 아파서 걸을 수 있는 상태가 아니었다. 그래서 우에노 씨는 혼자 차에 남아 친구들이 하산할 때까지 기다리기로 했다.

"무전기를 들고 그대로 차 안에서 자고 있었어요. 한 시간 정도였을까요. 눈을 떠보니 기분이 한결 나아져 있었어요. 그래서 바깥으로 나갔어요."

한여름의 숲은 찜통더위였지만 도심과 같은 불쾌함은 존재하지 않았다. 기분 좋은 더위였다. 몸 상태가 나아진 탓인지 우에노 씨는 무료해졌다. 산으로 올라간 친구들이 내려오려면 몇 시간이나 남아 있었다. 아무리 생각해도 마냥 기다리기엔 너무 긴 시간이었다.

"등산로 근처에 샛길이라고 해야 할지, 출입 금지이긴 했지만 길이 있었거든요. 그곳을 살짝 올라가보겠다는 생각으로 산에 올랐습니다."

출입금지라고 적혀 있었지만 특별히 울타리가 처져 있는 것도 아니고 딱히 위험한 길도 아니었다. 아무도 없는 조용한 길을 한가롭게 걷고 있는데, 누군가 위에서 내려오고 있었다.

"제가 할 말은 아니지만 출입금지라고 적혀 있는데 들어올 사람이 있을까 싶더라고요. 그런데 그 사람이 점점 내려와 상대방이 여성이라는 것도 알 수 있을 정도의 거리까지 가까워졌지요."

아무도 없으리라 생각했던 조용한 등산로, 그곳을 홀로 내려오는 어떤 여성, 그 얼굴을 보고 경악한 우에노 씨는 자기도 모르게 소리를 지를 뻔했다. 그 여성은 틀림없이 안면이 있는 사람이었다. 그것도 조금 전까지 오스타카산의 능선을 목표로 함께 산을 오르던 친구 중 한 사람이었다.

"어라? 왜 이런 곳에서 내려오는 거지? 그런 생각이 들더라고요. 그런데 뭔가 이상했어요. 틀림없이 그녀인데, 분명히 이상했어요."

내려오는 친구의 얼굴을 보니 무표정한 모습이었다. 초점 없는 눈은 도무지 어디를 향하고 있는지 알 수 없다. 그리고 무엇보다 이상했던 것은 그 행색이다.

"조금 전 산에 올라갔던 그 복장이 아니었어요. 엄청나게 단출한 차림새였어요. 잘 살펴보니 그것은 어제 저녁 잘 때 입었던 옷이었어요."

그녀의 모습은 어젯밤 잠옷차림이었다. 우에노 씨는 무선을 꺼내 동료들에게 연락을 시도해보았지만 전혀 연락이 되지 않는다. 그러는 사이에 어젯밤 차림새를 한 친구는 바로 옆을 스쳐지나간다. 말 한마디 걸지 못한 채 그저 바라볼 수밖에 없었지만 눈길은 전혀 맞지 않았다. 한동안 우에노 씨는 꼼짝도 못하고 멍하니 주위를 에워싸는 매미소리만 듣고 있었다. 흘러내리던 땀방울이 갑자기 차갑게 느껴졌다. 겁이 난 우에노 씨는 주차된 차로 황급히 돌아온 다음 오로지 친구들이 돌아오기만 기다렸다.

"내려온 친구에게 그 이야기를 하자 모두들 깜짝 놀랐어요. 나중에 들은 이야기에 의하면 그 길은 만신창이가 된 파일럿이 내려왔던 길인 모양이더라고요."

잠옷 차림새로 내려왔던 그 여성은 대체 누구였을까. 설령 영혼이 담겨져 있지 않은 허울뿐인 몸일지언정 그것을 빌려서라도 하산하고 싶다는 일념뿐이었다면 살짝 애처로운 이야기였다.

II 방황하는
영혼

베고 싶지 않은 나무

북알프스(도야마현, 기후현, 나가노현 등에 걸쳐 있는 히다산맥[飛騨山脈]-역주)를 서쪽에서 바라보는 마쓰모토시(松本市)는 산으로 에워싸인 분지다. 여기에 젊은 작업원이 다수 일하고 있는 야나기사와임업(柳沢林業)이라는 회사가 있다. 전국적으로 임업종사자의 고령화가 문제가 되고 있는 상황을 고려하면 이 회사는 매우 특이하다.

그런 야나기사와임업에서 매일 산과 관련된 일을 하는 젊은 나무꾼의 이야기다.

"도저히 자르고 싶지 않은 나무란 게 있지요. 아주 드물지만, '이건 베면 안 될 것 같네'라는 느낌이 오거든요. 뭔가 꺼림칙한 느낌이 들어서요."

간벌(삼림의 수목을 솎아내는 일-역주) 작업을 하고 있으면 때때로 그런 나무와 조우하게 된다고 한다. 그럴 때는 어떻게 할 거냐고 다른 작업원이 묻자, 그는 이렇게 대답했다.

"역시 그 나무는 남길 것 같습니다. 어쩔 수 없으니 다른 나무를 자르겠지요."

산에 심어진 나무들은 언뜻 보기에 다 똑같아 보이지만, 결국 남겨져 크게 되는 나무에는 역시 뭔가가 있는 모양이다.

*

젊은 나무꾼들에게 물어보니 그다지 신기한 경험은 해본 적이 없다고 한다. 사장이자 장로인 야나기사와 에이지(柳沢栄治) 씨도 묘한 이야기는 별로 들어본 적이 없다고 한다.

"어린 시절엔 학교에 가는 것이 무서웠어요. 학교가 멀었거든요. 학교 가는 길목엔 노상강도가 나온다는 고개나 '목을 매는 소나무'까지 있었어요. 무서웠지요. 하지만 그 소나무의 자태는 정말 근사했어요. 목을 매달기에 안성맞춤의 형태를 갖추고 있었지요."

그러나 그런 것까지 신경 쓰면 겁이 나서 도저히 산에 발을 들여놓을 수 없기 때문에 애당초 그런 생각 자체를 안 한다고 한다. 그러나 최근에 행방불명이 된 사람에 관해서는 묘하다고 생각하고 있다.

"이 근처 바로 가까이에 있는 산입니다. 부부가 함께 산나물을 캐러 올라갔다가 사모님이 행방불명이 되어버렸지요. 깊숙이까지 들어간 것도 아닌데 결국 발견이 되지 않았어요. 그곳은 세 명 정도 아직 발견이 안 된 사람이 있어요. 위험한 곳도 아닌데."

*

산속에서 나는 신비한 소리에 대해 물어보자 젊은 분이 답변해주었다.

"숲속은 아니지만 터널에서 색소폰 소리를 들어본 적은 있습니다."

그 소리는 가리야하라(刈谷原, 마쓰모토시에 있는 해발 960m의 고개-역주) 터널 바로 옆에서 한밤중에 들렸다. 이야기를 해준 사람의 집에서는 터널을 통과해 걸어가면 편의점으로 향하는 지름길이 나온다. 그곳을 지나고 있는데 어디선가 색소폰 음색이 들려왔던 모양이다.

"연습하고 있었던 게 아닐까요?"

동료들의 날카로운 지적은 타당했다. 그러나 악기 연습이 목적이라면 아즈사강(梓川)의 드넓은 하천변이 훨씬 간편할 것이다. 굳이 한밤중에 칠흑같이 캄캄한 산까지 올라올 필요가 있었을까.

*

하루의 고된 작업을 끝내신 분들을 계속 붙들고 앉아 이야기를 해 달라고 조르는 것도 미안해서 슬그머니 일어서려고 하자, 한 사람이 입을 열었다.

"제가 이전에 근무했던 곳의 이야기입니다. 산 속에서 하루에 세 번 뒤를 돌아본 적이 있었어요."

그가 평소처럼 현장에 들어가 벌채 작업을 하고 있을 때의 사건이었다. 느닷없이 웃음소리가 들리기 시작했다. 대체 누구의 웃음소리일까? 뒤를 돌아보았는데, 아무도 없었다.

"웃는 목소리가 영락없이 젊은 여자였어요. 하지만 뒤를 돌아다보면 아무도 없고요. 물론 주위를 둘러봐도 아무도 없는 거예요."

잘못 들었나 생각하면서, 그는 작업을 재개한다. 얼마 지나자 다시 여자의 웃음소리가 들리기 시작했다. 물론 아무도 없다. 참 신기한 일이었다. 그 이야기를 쉬는 시간에 선배에게 한 다음,

"엄청 혼이 났습니다. 그런 이야긴 하는 게 아니래요. 그 현장은 사고가 이어지던 곳이었어요. 네 사람이나 부상자가 속출해서……."

그 이야기를 듣고 있던 다른 사람이 말을 이었다.

"뭔가가 계속되는 현장이란 게 있더라고요. 기계가 몇 번이나 고장이 나는 경우도 있고요."

"그런 경우가 있긴 있지요. 연거푸 손도끼를 떨어뜨린다거나. 참신기해요."

어쩌면 이것은 산의 신이 주의하라고 계시를 내려주시는 게 아닐까. 모두에게 조심하라고 사인을 내리고 있는 것처럼 생각되는데, 과연 실상은 어떨지.

고갯길에 모이는 사람들

고개나 강은 예로부터 경계가 되는 경우가 많다. 크든 작든 각 지역을 구분하는 지점인데, 인생에서도 온갖 고개로 비유하는 상황들이 있다. 경우에 따라서는 저 세상과 이 세상의 경계가 되기도 한다.

*

산으로 에워싸인 마쓰모토(松本, 마쓰모토성으로 유명한 나가노현의 도시-역주)는 사냥터로도 탁월한 곳이다. 여기서 살면서 신슈(信州, 나가노를 가리키는 옛 명칭-역주) 여기저기에 있는 산들을 종횡무진 달리고 있는 베테랑 엽사 가미조 사카에(上條栄) 씨의 이야기다.

"산에서 신기한 경험을 한 적은 거의 없습니다. 어린 시절에는 어쩜 있었을까요. 여우에게 홀렸다는 이야기는 자주 들었지요. 마을에 주술사가 있어서 아이가 없어지면 그 사람에게 찾아달라고 했어요. 그래도 두세 명은 행방불명 상태로 끝내 찾지 못했지만요."

반세기 이전, 감쪽같이 일어나는 행방불명은 산간부에서 그다지 드문 사건이 아니었다. 전국 각지에서 자주 듣는 이야기다. 길을 잃은 탓인지, 납치를 당했는지, 혹은 사건에 휘말렸는지, 원인은 애매하지만 뭉뚱그려 행방불명이라고 치부된 모양이다.

"어린 시절에 살던 집은 양철지붕이었거든요. 어느 날 밤 지붕에서 쿵 하는 엄청난 소리가 났어요."

바람 한 점 없는 온화한 밤이었다. 조용한 집안에 울려 퍼진 소리에 가미조 씨는 소스라치게 놀랐다.

"깜짝 놀랐어요. 부모님이 밖으로 나가 살펴봤지만, 아무것도 없었지요. 다음날 아침이 되자 전보가 날아왔어요. 가까운 분이 돌아가셨다고요. 사망 시각은 그 소리가 났던 전후였어요. 우리에게 알려주려고 온 거라고 생각했어요."

*

가미조 씨의 장인에게는 전형적인 괴담 경험이 있다. 그가 한밤중 차량으로 귀가하던 중 일어난 사건이다. 예상치 않게 귀가 시간이 늦어져 약간 스피드를 올려 시오지리고개(塩尻峠, 나가노현에 있는 고개-역주)를 올라가고 있는데, 어둠을 비춰주는 라이트에 사람의 그림자가 떠올랐다.

"누구지? 이런 시간에?"

미심쩍은 마음이 들어 속도를 늦추면서 서서히 다가간다. 몇 미터 앞까지 다가가자 한 젊은 여성이 나타났다.

"뭐하는 거지? 이런 곳에서? 마을 쪽으로 간다면 태워줘야겠다."

시간도 그렇고 장소도 그렇고, 젊은 여성 혼자서 걷는 건 너무 위험하다. 친절한 마음으로 차에 타라고 권유하자 여성은 아무 말 없이 고개를 끄덕이더니 차에 올라탔다. 이상하다는 생각은 들었지만 분위기를 보아하니 말을 걸어야 할지 말아야 할지 난감했다. 가미조 씨의 장인은 묵묵히 운전만 하면서 고개를 내려와 마을에 진입했다. 대략 어디 부근에서 내려줘야 할지 물으러 백미러를 보고, 경악했다. 아까만 해도 보였던 그녀의 모습이 없다. 급브레이크를 밟고 뒷좌석을 살펴보았는데 아무것도 없다……그저 좌석이 축축하게 젖어 있었을 뿐.

이런 전형적인 괴담의 배경이 시내가 아니라 고갯길이었다는 사실에 새삼 놀란다. 비슷한 이야기라면 병원 앞에서 타는 경우가 많은데, 어째서 아무도 없는 고갯길에서 그녀는 방황하고 있었던 걸까.

*

"산은 살아있는 존재니 거부당하는 사람도 있을 수 있지요."

이렇게 말하는 사람은 미사산(三才山, 나가노현 마쓰모토시 부근의 표고 1,605m의 고개-역주)에서 소바 가게를 경영하는 다키자와 히데토시(滝沢秀俊) 씨다. 사냥은 하지 않지만 버섯 채취 지도원 자격증을 가진, 산에 관한 한 베테랑이다.

"항상 오르는 산이라도 때때로 갑자기 길을 잃는 경우가 있는데, 그건 아마도 산이 사람을 놀리는 거예요. 네 이놈, 요즘 분수를 모르고 설쳐대지 않았더냐! 하면서요."

산속에서 온갖 신기한 경험을 했다는 다키자와 씨는 상당히 무시무시한 일을 당한 적도 있다.

"산나물을 캐러 갔을 때의 일이었어요. 아침 일찍 출발하기 귀찮아서 한밤중에 미리 가서 도중에 선잠을 잤거든요."

　장소는 노무기고개(野麦峠, 마쓰모토시 외곽에 있는 표고 1,672m의 고개-역주)다. 히다(飛騨, 현재의 기후현 일부 지역에 대한 옛 명칭-역주)와 시나노(信濃, 현재의 나가노현 일부 지역에 대한 옛 명칭-역주)를 잇는 오래된 가도(街道, 도시와 도시를 연결하는 큰 길-역주)로 메이지 시대(1868~1912년)에는 방적공장에서 일하는 젊은 여성들이 오고갔던 길이다. 《아, 노무기고개(ああ野麦峠, 여공이 주인공으로 나와 히트 쳤던 1979년의 일본 영화-역주)》로 잘 알려진 지역이다. 거기에 있는 임도는 관계자 이외의 차량 통행이 불가능하다. 임도 게이트에 열쇠가 잠겨 있어 번호를 알고 있는 사람만 들어갈 수 있는 구조다. 이는 각지의 임도에서 자주 볼 수 있는 광경이다.

　"열쇠를 열어 임도로 진입해 조금 들어간 곳에서 자기로 했어요. 별로 겁도 없는 성격이어서 금방 잠들어 버렸지요."

　얼마나 시간이 흘렀을까. 다키자와 씨는 문득 가슴 언저리에 갑갑함을 느끼며 눈을 떴다. 막연하지만 불길한 느낌이 들어 견딜 수 없었던 다키자와 씨는, 시트에서 상체를 일으켜 세운 다음, 경악했다.

　"사람들이 있더라고요. 많은 사람들이 숲속 주변에 있는 것이 보였어요. 차안을 들여다보는 사람도 있었는데, 점점 그 숫자가 많아지면서 주위를 에워쌌지요."

　많은 사람들에게 차 주위를 에워싸인 다키자와 씨는 목소리조차 나오지 않았다. 너무나 강렬한 공포감에 꼼짝도 할 수 없었다.

　"모조리 여공 분들뿐이었어요. 그 시절 여공 행색을 한 사람들이 차에 손을 대고 안을 물끄러미 들여다봤어요. 정말 무서웠지요."

터무니없이 무시무시한 경험이다. 그러나 안을 들여다볼 뿐 맘대로 들어오지 않는 것은 역시 메이지 시대 여성들이 지녔던 고상함 때문이었을까.

속편·즐거운 야점

전작『산괴1』에 환상에 가까운 야점(夜店) 이야기를 수록했다. 아키타현의 아니 지역에서의 사건이었다. 눈앞에 홀연히 나타난 야점은 아이다운 착각이었을까, 아니면⋯⋯.

현재 마쓰모토시에 사는 오자와 미에(小沢美惠) 씨는 어린 시절부터 산과 친숙하게 지내왔다. 태어난 곳은 난신(南信, 나가노현의 남부 지역-역주)의 다쓰노정(辰野町, 나가노현의 마을-역주)이다. 송이버섯 채취에 목숨을 건 '산의 여성'은 현재 베테랑 엽사 가미조(上條) 씨에게 산에 관해 배우고 있다. 장래 수렵면허를 취득해 짐승들을 쫓아다닐 작정이다. 그런 오자와 씨의 유치원 시절 이야기다.

"저녁 무렵 언니와 둘이서 근처 신사에 갔지요. 때마침 마쓰리(축제)가 열려 참배로를 따라 많은 야점이 늘어서 있었어요. 너무 밝고 예뻐서 언니와 둘이서 그런 가게들을 구경하고 다녔어요."

어슴푸레한 참배로를 야점들이 환히 비추고 있다. 아이들에게는 그야말로 이공간이었고 즐겁기 그지없는 시간이었다. 완전히 해가 저문 다음 집으로 돌아가며 즐거웠던 야점 이야기를 엄마에게 하자⋯⋯.

"마쓰리가 열리려면 아직도 멀었다는 거예요. 야점들이 즐비했다고 아무리 말해도 그럴 리 없다고 우기시더라고요."

실제로 그 날은 아직 마쓰리 날이 아니었다. 엄마 말씀처럼 야점 따위도 애당초 열리지도 않았다. 기억을 더듬어보자, 그러고 보니 가게 안에 사람이 있었던 기미는 없었고 마쓰리의 시끌벅적함도 느끼지 못했던 것 같다. 그저 조용하고 밝고 휘황찬란한 야점을 언니와 둘이서 둘러보고 다녔다는 것만은 확실하다.

*

오자와 씨가 역시 아이였을 무렵, 형제가 집에서 부상을 당한 적이 있었다. 병원으로 데리고 가려 해도 당장 타고 갈 차가 없어서 차를 수배해놓은 상태로 가족 모두 기다리고 있었다.

"모두들 애타게 기다리고 있는데 멀리서 차가 오는 소리가 났어요. 이제야 왔나 싶어서 귀를 쫑긋 세우고 있었더니, 집 앞에서 멈추는 소리가 들려서."

목이 빠지도록 기다리고 있던 차가 도착하자 가족 모두가 밖으로 뛰쳐나갔다. 그런데 거기에 차 따윈 없다.

"어라? 지금 차가 달려오는 소리가 났지? 멈추는 소리도 났잖아?"

가족 모두 들었는데 차는 오지 않았다. 그리고 나서 제법 시간이 흐르고 나서야 수배한 차가 겨우 도착했다. 이때의 일은 아직도 가족 사이에서 신기한 일로 여겨지고 있다.

*

오자와 씨가 중학생 시절의 이야기다. 당시 농구부에 소속되어 있던 오자와 씨는 동아리 활동이 끝나고 체육관 한가운데 둥그렇게 모여앉아 있었다. 매일 정기적으로 하는 미팅이다.

"평소처럼 부원이 동그랗게 모여앉아 이야기하고 있었어요. 그랬는데 발걸음소리가 들리기 시작해서."

발소리는 오자와 씨의 뒤편에서 차츰 가까이 다가온다. 무대 쪽에서 누군가 걸어오는 모양이었다. 오자와 씨 정면에 앉아 있던 부원이 그 방향을 응시하고 있다. 덩달아 오자와 씨도 뒤를 돌아보았다.

"아무도 없는 거예요. 하지만 발소리는 계속 들렸지요. 그게 내 바로 뒤까지 왔어요."

발소리는 잠시 서더니 다시 무대 쪽으로 사라졌다. 그곳에 있던 동아리 부원 모두가 이 발소리를 듣고 있었다.

"교장 선생님이 돌아가신 직후였기 때문에 모두들 교장선생님이 보러 오셨다고 말했어요."

＊

마찬가지로 중학생 시절의 일이다. 통학 도중 앞에서 걷고 있던 초등학생이 너무 신경이 쓰여 견딜 수 없었다.

"저 아이, 어디에 치인 게 아닐까?"

아이의 뒷모습이 평소와 다르게 보였기 때문이다.

"그랬는데 뒤에서 나를 추월해 온 오토바이가 그 아이를 받아버렸어요. 정말 무서웠지요."

*

오자와 씨는 살짝 '느끼는 타입'인 모양이다. 마지막으로 불구슬 이야기를 들어보자.

"어린 시절 고진산(荒神山)에서 놀고 있는데 나무밑동에서 뭔가 움직이는 것이 보였어요. 뭘까 싶어서 들여다봤더니……."

커다란 나무밑동에는 구멍이 뻥 뚫려 있었는데, 그 안에서 불이 빙글빙글 돌고 있었다. 마치 불꽃놀이 같았다. 신비한 빛은 점점 격렬히 움직이기 시작하더니 급기야 구멍에서 튀어나왔다. 그러자 오자와 씨도 소스라치게 놀라 그 자리에서 튕겨나가듯이 도망쳤다고 한다.

산의 날의 사건

가야마 요시토(香山由人) 씨는 나가노현 오마치시(大町市)에서 '야마시고토소조샤(山仕事創造舎)'라는 법인을 운영하고 있는 산 전문가다. 가나가와현(神奈川県) 출신이지만 오마치시로 이주해 임업종사자로 살아왔다.

"임업의 기초를 배웠던 스승님의 산은 약간 특이했어요. 일반 산과는 약간 다른 감각이 들었거든요. 아무도 없는데 인기척이 느껴지거나 소리가 들리거나……. 그곳은 북산(北山)이라고 불렸는데 땅의 구획이 명확하지 않았어요. 주변은 상세 주소에 따라 각각 구분되어 있는데, 그곳만 제법 넓은 범위인데도 그냥 막연히 북산이라고 했어요. 참 희한한 곳이었지요."

산에서 딱히 두려움을 느낀 적은 없는 가야마 씨지만, 묘한 일을 경험한 적은 있었다. 어느 현장에서 벌채 작업을 했을 때의 일이다.

"평소라면 절대로 베지 않았을 나무예요. 급경사면이 이어진 곳에 뿌리가 비틀어진 거목이 있었는데 기술적으로 베기가 몹시 까다로운 물건이었어요. 반드시 사고가 날 나무였는데, 피치 못하게 베어야 할 상황이라……."

작업 당일, 수령이 족히 150년은 넘었을 거목을 올려다보면서 가야마 씨는 체인톱의 엔진에 시동을 걸었다.

"참 신기하더라고요. 너무나 부드럽게 들어가는 거예요. 마치 체인톱이 나무에 빨려 들어가는 것처럼. 평소라면 어떤 자세로 벨지를 고민하는데 이때는 아무 생각도 나지 않더라고요. 너무나 간단히 잘렸어요. 실은 그날이 '산의 날'이었거든요. 사실 나무를 베서는 안 되는 날이었는데 무슨 이유에선지 굳이 그날로 정해졌지요."

'산의 날'이란 산의 신의 날을 말한다. 산에 들어가서도, 나무를 잘라서도 안 된다는 금기가 예로부터 존재했던 날이다. 무슨 이유에선지 가야마 씨는 벌채하는 날을 하필 그런 날로 잡아두었는데, 그 이유는 본인조차도 잘 이해가 되지 않는다. 마치 이 날이라면 괜찮으니 베러 오라는 부름을 받은 것 같았다.

     *

'야마시고토소조샤(山仕事創造舍)'에서 일하는 사람들에게 현장 이야기를 들어보니 복수의 사람이 신비한 목소리 이야기를 해주었다. 졸참나무 거목을 베어 쓰러뜨리면 '이봐~'라는 목소리가 들린다는 이야기였다.

"아, 맞아요, 그 소리는 자주 들어요. 졸참나무뿐이지요, 그 소리는."

"다른 나무에서는 안 들리지요. 쓰러져 넘어질 때의 바람소리가 그렇게 들리는 게 아닐까요."

다른 지역에서도 졸참나무를 채벌하는데 '이봐~'라고 사람을 부르는 소리가 들린다는 이야기는 처음 들어보았다.

*

　오마치시(大町市) 농림수산과에 근무하는 나카지마 요시카즈(中島善一) 씨는 현역 엽사이기도 하다. 사냥철에는 사냥감을 쫓아 2,000m 높이까지 오르길 서슴지 않는 사냥의 달인이다.

　"산에서 겪었던 신기한 일은 별로 없습니다. 집에서 이상한 소리는 자주 듣지만요."

　나카지마 씨가 사는 곳은 산속에 있으며 무척이나 조용한 곳이다. 밤이 되면 정적이 한층 더하는데 때때로 묘한 소리가 들려오곤 한다.

　'쿵, 쿵'

　"무슨 소리인지 도무지 모르겠어요. 처음엔 누군가가 가드레일에 돌이라도 던지나 했는데, 그것과도 약간 달랐어요."

　원인은 잘 모르겠지만 도호쿠 지방이었다면 틀림없이 너구리 소행이라고 말했을 것이다.

*

　나카지마 씨는 어린 시절 산속에서 의문의 발소리에 쫓긴 적이 있다.

　"학교는 산속에 있는 길로 다녔어요. 겨울엔 캄캄해서 혼자 걷는 게 너무 무서웠지요. 그런데 문득 정신을 차리고 보니 발소리가 들리는 거예요, 뒤에서."

컴컴하고 쓸쓸한 산길에서 들려오는 것은 누군가의 발소리, 심지어 그 발소리가 뒤에서 계속 따라온다. 조금씩 발걸음이 빨라지는 나카지마 소년. 그러자 쫓아오는 발소리도 덩달아 빨라진다. 공포스러운 나머지 뒤를 돌아보지도 못한 채 필사적으로 집까지 달려 간신히 도망쳤다. 실은 나카지마 씨의 사모님에게도 비슷한 경험이 있다. 약간 다른 점은 발소리를 들은 그녀가 뒤를 돌아보았다는 사실이다.

"마누라가 본 것은 하얀 연기 비슷한 것이었다고 해요. 아니, 불구슬이 아니라 가볍게 날아다니는 하얀 것이 따라왔다고 해요."

하얀 연기, 불구슬, 어느 쪽이든 산속에서는 무서운 존재일 것이다.

두 번 다시 가지 않을 오두막

하쿠바촌(白馬村, 나가노현 북서부의 유명 관광지-역주)에서 가이드 경력 40년 이상이라는 베테랑 산악인 마쓰모토 마사노부(松本正信) 씨의 이야기다.

"도깨비불을 보았다는 이야기는 우리 할아버지 시절엔 아주 많았 겠지요. 나는 그런 '모노'를 본 적 없습니다. 신기한 소리요? 글쎄요, 소리는 들어봤을지도 모르겠네요."

지금으로부터 20년 정도 전의 일이다. 마쓰모토 씨는 산에 함께 가는 몇몇 동료들과 우시로타테야마(後立山, 최고봉은 해발 2,932m이며 다테야마 연봉과 함께 북알프스 산맥을 형성하고 있음-역주) 연봉에 진입하고 있었다.

"그날 묵기로 한 오두막까지 갈 예정이었어요. 그런데 출발이 약 간 지연되면서 그게 어려워졌지요. 어차피 무리해봐야 소용없었기 때문에 그 직전에 있는 피난 오두막에서 긴급히 묵게 되었지요."

날씨도 좋았고 충분히 익숙한 산이었다. 간단하지만 즐거운 저녁 식사를 끝마치고 침낭 속으로 파고들어갔다.

"오두막에는 우리들뿐이었어요. 8시가 지날 무렵이었을까요. 소 리가 들리기 시작했어요."

발소리였다. 긴급피난 오두막 주위는 온통 바위조각들로 가득한 곳(이른바 '가래바')이다. 그런 곳을 걸어서 누군가가 오두막으로 향해 다가오는 모양이었다.

"세상에나, 이런 시간에도 올라오는 사람이 있다니, 아마도 오두막에 들어오겠네."

심지어 밤이었다. 더 이상 앞으로 나아갈 리 없을 테니, 당연히 피난 오두막에서 밤을 지새울 거라고 생각하고 있었는데……

"그 발소리가 오두막 옆을 지나쳐 가버리더라고요. 어라? 라고 생각하고 있는데 그 소리도 갑자기 더 이상 들리지 않았어요. 마치 사라진 것처럼."

동료들은 서로 얼굴을 마주보았다.

"조금 전 그 사람, 대체 어디로 간 거야?"

"글쎄……들리지 않네."

한동안 모두들 입을 다물고 있었다. 그러자 다시금,

'저벅 저벅 저벅'

조금 전의 발소리가 들리기 시작한다. 발소리는 아까와 같은 방향에서 서서히 다가오더니 오두막 옆을 지나치면서 사라졌다. 혹시 누군가 짓궂은 장난을 하고 있는 것일까? 아니면 '진짜'일까? 동료 한 사람이 침낭에서 빠져나오더니 라이트를 손에 들고 오두막 바깥으로 나갔다. 그러나 아무도 없다. 기분 나쁜 침묵이 피난 오두막을 지배했다.

'뚝 뚝 뚝 뚝'

지붕에 부딪히는 갑작스러운 빗소리가 기분 나쁜 침묵을 깨뜨린다.

"비가 내리기 시작하는군."

"비가 많이 오나? 날씨가 그렇게 나빴던가?"

침묵을 깨고 모두들 조금씩 안도한다. 그러나 그것도 한순간에 불과했다. 한 사람이 오두막 바깥을 봤더니 비가 오는 기색이 전혀 없었기 때문이다.

"희한하다고 생각해 모두 함께 바깥으로 나갔거든요. 그랬더니 역시나 비가 오지 않는 거예요. 아주 좋은 날씨였고 별까지 빛났었지요."

아무리 산에 관한 한 베테랑인 사내들이라도 이날 밤만은 한숨도 자지 못한 채 뜬눈으로 밤을 지새웠다고 한다.

"그건 뭐였을까요? 난 뭔가가 잘못되어 탈이 난 게 아닐까 싶어서, 그 후로 그 오두막에는 두 번 다시 묵지 않아요."

*

옛날엔 사고로 죽은 사람의 시체를 한동안 산속 오두막에 안치하는 일이 드물지 않았다고 한다. 불운하게도 그런 기간 중 오두막에 머물게 되면, 졸지에 생면부지의 남의 초상집에서 하룻밤 덩달아 밤을 새는 처지에 놓인다. 이런 과정을 거쳐 사연 있는 오두막이 생겨나는 것이고, 민감한 사람이 그곳에 묵게 되면 대체로 묘한 일이 발생하게 된다.

또한 지금과 달리 유해를 옮기는 데 헬리콥터를 사용하는 경우가 거의 없어서, 어려운 곳에서 조난을 당한 사람은 그 자리에서 화장을 치른다. 그것 역시 산악 가이드의 업무였다.

"가라마쓰다케(唐松岳, 우시로타테야마 연봉에 있는 해발 2,695m의 산-역주)의 상당히 깊숙한 곳에서 조난사고가 있었는데 그때도 헬리콥터로 유해를 옮길 수가 없었어요. 내 친구가 조금 넓은 장소를 찾아 거기서 화장으로 장례를 치렀지요."

쌓아놓은 낙엽송 위에서 서서히 불길에 휩싸이는 시신은 장작이 무너지자 느닷없이 몸의 상반신이 일어났다. 그것을 본 친구는 얼굴이 창백해져 몇 번이나 횡설수설이다.

"이봐, 아직 살아 있는 거 아니야? 아직 살아 있는 거 아니냐구?"

꿈에라도 나올 것 같은 장면이다. 오늘날에는 더 이상 경험할 수 없는 공포다.

백주대낮의 불구슬

하쿠바촌 엽우회의 베테랑 엽사 우치카와 시로(內川史郎) 씨는 집 앞에서 수수께끼의 빛을 본 적이 있다.

"이 길은 과거에 소금이나 해산물을 내륙으로 운반할 때 사용되던 길이라서 동해 측에서 계속 이어지고 있어요. 40년 정도 전이었을 거예요. 여기에서 지붕 쪽으로 빛이 보였어요."

그 빛은 처음엔 하나였는데 두 개로 갈라지더니 한동안 허공을 헤매고 다녔다. 우치카와 씨는 눈을 떼지 않고 응시하면서 그것이 인공물이 아닌 것을 확신했다.

"뭔지는 모르겠지만 신기한 빛구슬이었지요. 도깨비불이요? 아니, 그런 '모노'인지는 모르겠는걸요. 도깨비불의 정체는 산새가 아닐까요? 난 한 번 봤거든요."

우치카와 씨가 봤다고 말하는 불구슬은 실은 신기한 물체였다.

"10시가 지나서였을 거예요. 물론 아침 10시지요. 산새는 아침 10시가 지나면 계곡에서 산 쪽으로 올라오거든요. 그런 습성은 익히 알고 있어요. 그래서 그때 산새를 찾으러 능선로를 걷고 있었어요."

베테랑 엽사의 감은 적중해서 산새가 모습을 드러냈다. 그런데 하필이면 그 위치가 그야말로 발언저리였다. 너무 가까운 나머지 총을 겨눌 겨를도 없었다.

"어라? 산새라고 생각했는데 그것이 바로 튀어 올라버리더니 불구슬이 되었어요."

"아, 깃털이 반사되어 빨갛게 보인 거지요?"

"맞아요, 목덜미라든가 깃털 위쪽이 새빨개지더니 완전히 불구슬이 되었어요."

"완전히……라는 말씀은?"

"산새의 형태가 완전히 없어지는 거예요. 날아오르기 전엔 산새의 형태였는데 올라가더니 완전히 불구슬! 그건 딱 한 번밖에는 본 적이 없군요."

자주 듣는 '도깨비불=산새' 설과는 약간 분위기가 다르다. 일반적으로는 해질녘이나 새벽에 태양빛을 받은 산새가 어두운 숲속으로 날아가면 불구슬이 보인다는 것, 혹은 정전기 때문에 날개가 빛나서 불구슬로 보인다는 것, 이렇게 두 가지 설이 대부분이다. 그러나 이런 설을 주창하는 사람은 실제로 그것을 보지 못했던 경우가 대부분이다. 선배들에게 전해들은 이야기를 그대로 믿고 있는 경우였다. 우치카와 씨처럼 완전한 불구슬이 된 산새를 직접 보았다고 말하는 사람은 처음 봤다. 그러나 발언저리에서는 산새의 모습, 거기에서 날아오르자 불구슬로 변신했다니, 참으로 신기한 생명체다.

*

다른 곳과 마찬가지로 하쿠바촌에서도 여우에게 들린 이야기는 있었다. 우치카와 씨는 악령빙의 퇴치에 사용된 도구를 구경한 적이 있다.

"여우에게 들리면 온타케교(御嶽教, 교파신도 중 하나로 자연종교적인 산악신앙에서 출발해 신불습합적으로 온타케산을 숭배함-역주)에 도움을 청하곤 했어요. 온타케산(御嶽山)의 온타케교요. 거기에서 작고 하얀 세 개의 돌을 가지고 와서 그것을 이마에 매일 대면서 섬겼어요."

뭔가에 들린 사람은 영험한 세 개의 돌에 그 대상을 가두려고 했다. 사람에게 들려 있던 존재가 무사히 떨어져나가면 작은 돌은 온타케교로 반환되어 그곳에서 본격적인 기도가 행해졌다. 반드시 반납해야 했기 때문에 몇 번이고 재사용이 가능한 실로 경제적인 도구였다.

우치카와 씨가 사는 지역은 하쿠바의 중심지에서 가깝다. 어린 시절엔 바로 근처에 물레방앗간이 있었는데 밤엔 그곳이 무서워서 견딜 수 없었다고 한다.

"낮과 달리 밤에는 물레방아가 도는 방식이 달라지거든요. 늦어져요. 일을 하지 않으니까요. 그 소리가 느릿해져서 엄청나게 무서웠어요. 게다가 물레방앗간에는 로쿠로쿠비(인간의 모습을 한 요괴로 목이 엿가락처럼 늘어남-역주)가 나온다고 해서 무서워서 그 옆에 지나치지도 못했다니까요."

관광용 물레방앗간밖엔 알지 못하는 몸이기에, 밤이 되면 새삼 느끼게 되는 물레방아의 섬뜩함을 이해할 수 없다.

*

물이 풍부한 하쿠바촌도 시신을 매장할 때는 상당히 고생했던 모양이다.

"이곳 주변에서는 시신을 땅에 묻는데 구덩이를 파면 금방 물이 나오거든요. 그래서 구덩이 절반이 물이라, 관을 넣어도 둥둥 뜨지요."

그래서 관을 찍어 누르거나 돌을 위에 올려서 억지로 물에 가라앉혀야 한다. 땅에 묻는 매장이건만 일단은 수장을 시켜야 하는 번거로운 곳이었다.

여우 시집가기

도야마현(富山縣)은 다테야마연봉을 거느리고 있는 '산'의 현이자, 동시에 풍요로운 도야마만(富山灣)을 가진 '바다'의 현이기도 하다. 서부 지역에 커다란 산괴(山塊, 산줄기에서 떨어져 나온 산의 덩어리-역주) 는 없지만 기후현(岐阜縣)으로 이어지는 깊은 산들이 많다. 기후현은 바다에 직접 접하지는 않지만 동해와 태평양, 양쪽 방향으로 흘러 내려가는 강을 품고 있다. 그런 도야마현과 기후현의 경계 지역에 서 이야기를 들어보았다.

＊

도야마현의 고카산(五箇山) 지역은 세계유산으로 인정된 갓쇼즈쿠 리(일본의 폭설지대에서 볼 수 있는 경사가 심한 맞배지붕 가옥-역주) 마을이다. 여기서 민박집을 경영하는 사카이 마사아키(酒井眞照) 씨는 중학교 시절 매일 밤마다 순찰을 돌았다.

"갓쇼즈쿠리라서 불에 약하다 보니 그 무렵부터 불조심만은 철저 했지요. 저녁이 되면 아이들이 순찰을 도는 것이 일과여서 각 집을 돌면서 주의를 촉구했습니다."

아이들에게도 즐거운 시간이었다. 매일같이 근처 친구들과 흥겹 게 어울려 술래잡기를 하면서 순찰을 돌았다.

어느 날 해질 무렵 평소 몰려다니던 친구들과 놀면서 순찰을 다니고 있는데 갑자기 한 친구가 걸음을 멈췄다.

"야, 저것 좀 봐!"

손가락으로 가리킨 곳은 눈앞을 흐르는 쇼강(庄川) 건너편이다. 모두가 그 방향을 응시했다.

"뭐지? 저건?"

강 건너편 숲속에서 빛이 보였다. 그것도 몇 개나 되는 빛, 그 빛이 천천히 줄지어 이동하고 있다. 마치 제등행렬처럼.

"여우가 시집을 가는 거라고 모두들 정신없이 바라봤지요. 이 주변에서는 지금도 보이지 않을까요? 잘 살펴보면?"

*

쇼강을 사이에 둔 건너편 산속을 과거엔 도가촌(利賀村) 나가사키(長崎) 마을이라고 불렀다. 이곳에서 오래된 민가(民家) 형식의 숙소를 운영하는 오카베 다케오(岡部武夫) 씨도 성인 이후 두 번 정도 이 행렬을 본 적이 있다.

"마을 운동회가 있었을 때였어요. 집으로 돌아가는 길에 계곡 반대편에서 빛을 몇 개 봤지요. 마을 사람 모두가 봤어요. 모두들 결혼식이 시작된 거라고 입을 모아 말했답니다. 나는 이것 말고도 한 번 더 본 적 있어요. 그게 뭐냐고 물으시면, 나도 잘 모르겠지만요."

*

이 주변에서는 복수의 사람들이 동시에 보는 일이 드물지 않았던 모양이다. 고카산 지역에서 가장 나이가 많은 엽사인 야마모토 도시오(山本利男) 씨도 몇 번이나 본 적이 있다.

"그건 딱히 신기할 것도 없어요. 옛날엔 땅에 시신을 묻었잖아요. 거기에서 '인(Phosphorus, 공기 중에서 스스로 점화되는 성질을 가짐-역주)'이 점화되는 거지요. '인'은 동물의 시체에서도 나오니까. 여우가 시집을 가서 불빛이 늘어선 거라고요? 그것은 그냥 당연한 현상이라니까요."

이 근방에서는 단독으로 날아다니는 불구슬보다는 줄을 지어 이동하는 '여우 시집가기' 방식이 일반적이다. 여러 차례 발견한 사람이 많은 것도 특징이다. 가까운 기후현 히다시(飛驒市)에는 말 그대로 '여우불(도깨비불) 마쓰리(축제)'가 있다. 참가자가 여우 메이크업 상태로 여우가 시집가는 행렬을 재현하는 마쓰리다. 이런 마쓰리가 생겨날 정도로 예로부터 친숙한 현상이었다.

자시키와라시

　오래된 민가 형식의 숙소 '오카베(おかべ)'는 약 90년 이전에 세워진 훌륭한 저택이다. 이곳의 다케오(武夫) 씨는 젊은 시절 숯을 굽는 일을 한 적이 있다.

　"매일 밤 산에 올라가다 보니 당연히 온갖 소리를 듣게 되었어요. 하지만 저 소리가 누구의 어떤 소린지, 전혀 생각해보지 않았지요. 숯 생각밖에는 없었거든요. 그렇게 하지 않으면 좋은 숯을 구울 수 없으니까. 이상한 숯을 구웠다간 들어오는 돈이 줄어들 테니까. 그래서 숯 생각밖엔 안 했지요. 그래서 산에도 갈 수 있었어요. 지금은 혼자서 산에는 도저히 올라갈 수 없어요. 너무 무서워서."

　해야 할 일이 있었기 때문에, 그것에 몰두하면서 두려움을 억눌렀던 모양이다.

　"마을에서 사람이 갑자기 없어지는 일은 있었어요. 어디에 있는지 찾아봐도 도무지 찾을 길이 없었지요. 그런데 5일 정도 지났는데 아무렇지도 않게 돌아왔어요. 잠깐 동안 감쪽같이 행방불명이 되었던 거라고 다들 그랬지요. 이나미(井波, 도야마현의 마을 명칭-역주)에서 이쪽은 옛날부터 갑자기 사라진 사람이 많았어요."

　이 지역에서는 사람이 갑자기 사라지는 것도 '여우 시집가기' 같은 원인 모를 제등행렬과 마찬가지로 보기 드문 일이 아니었던 분위기다. 덴구(天狗, 일본의 요괴-역주)가 산다는 커다란 소나무는 등골이 오싹하는 느낌이 들었기 때문에 혼자서 그 옆을 지나쳐가기가 무서웠다고 한다.

"할아버지가 91세 때 돌아가실 당시, 상당히 노쇠하셨지만 그날 당신이 돌아가실 것을 알고 계셨던 것 같아요. 그날이 선조의 날이 었거든요."

"선조의 날이라고요?"

"맞아요. 대대로 우리 집은 정해진 날에 당주가 죽는다고 해서, 그날을 선조의 날이라고 부르지요."

*

'오카베'의 젊은 여주인(女将, 오카미)은 '자시키와라시(座敷わらし, 도호쿠 지방에 전승되는 어린이 요괴로 집안에 숨어서 가족들에게 장난을 치지만 이 요괴를 본 사람에게는 행운이 오고 집안에 부를 부른다는 전승이 있음-역주)'를 본 적이 있다.

"이쪽으로 돌아온 다음이니까, 2003년 연말에 있었던 일일 거예요."

그날, 아침부터 하던 일을 마무리하고 한숨 돌리고 있는데 대형 연회장 쪽에서 무슨 소리가 들려왔다.

'후다닥 후다닥'

누군가가 여기저기를 달리고 있는 것 같았다. 무슨 일인가 싶어서 젊은 여주인이 대형 연회장 쪽으로 얼굴을 내밀자, 낯선 아이와 눈이 마주쳤다.

"누구?"

아이는 단발머리에 기모노를 입고 있다. 꽃무늬 기모노는 언뜻 보기에도 요즘 것이 아니다. 아주 오래된 스타일이었다. 아이는 한동안 가만히 선 채 젊은 여주인을 응시하다가, '쳇! 들켜버렸나' 하는 표정으로 서둘러 불단을 모신 방 쪽으로 사라졌다.

"아이가 또렷하게 보이지는 않더라고요. 뿌연 느낌이었어요. 기모노가 꽃무늬 문양인 것은 알겠는데 색까지는 모르겠더라고요."

젊은 여주인의 마음속에 딱히 두려움은 일지 않았다. 그대로 대형 연회장 주변을 벗어나 다시 자기 일을 하러 갔는데, 또다시 '후다닥 후다닥' 하는 소리가 들려온다.

"어라? 또 왔나?"

이번엔 약간 설렘, 기대감까지 느끼며 대형 연회장에 얼굴을 내밀자, 아니나 다를까 아까 봤던 아이가 여기저기를 달리고 있다. 그리고 눈이 마주치자 '쳇!' 하는 표정으로 불단을 모신 방 쪽으로 사라진다.

"자시키와라시라고 생각했어요. 그러고 나서 약 3년간 가끔씩 놀러 오곤 했는데, 이후 더는 보이지 않네요."

보이지 않게 된 시기는 공교롭게도 숙소 주변 공사 시기와 겹친다. 공사 때문에 집 주변에 있던 나무도 잘렸고 산속 분위기도 훼손되었다고 한다. 무엇보다 바로 옆까지 공사 차량이 들어오게 된 환경 변화가 크게 작용했을 것이다. 이 건에 대해 정식 여주인(女将, 오카미)은 걱정하고 있다.

"역시 그러네요. 절에 계신 분을 불러 공양을 드리는 게 나을 것 같아요."

젊은 여주인의 이야기에 의하면 그것은 천진난만한 '모노'로 인간에게 전혀 해를 끼치지 않을 거라고 여겨진다. 실제로 몇 번이나 만난 적이 있는 젊은 여주인은 그 아이가 사라지고 나서 서운하기까지 하다.

자시키와라시가 나오는 것으로 유명한 숙소는 몇 군데나 되는데, 대체로 밤에 발견된다. 저녁 식사를 마치고 밤이 되어야 방에서 쉬게 되므로 당연할지도 모른다. 그러나 활동시간을 꼭 밤이라고 한정시킬 수도 없다. '오카베'에서 발견된 예처럼 '아침형' 자시키와라시도 있기 때문이다.

거대 석탑의 환영

고카산(五箇山)에 사는 사카이 마사아키(酒井眞照) 씨가 오래된 신문기사 복사본을 보여주었다. 날짜를 보니 1894년(메이지 27년)이다. 이 기사는 기후, 도야마, 이시카와 등 세 현에 걸쳐 있는 산인 오이즈루가타케(笈ヶ岳) 주변에 거대한 석탑이 존재한다는 사실을 전하고 있다.

내용은 이러하다. 어떤 한 엽사가 곰을 쫓다가 엉겁결에 산속 깊숙이까지 들어갔다. 그러다 어느새 곰을 놓치고 본인이 어디에 있는지조차 알 수 없는 상태로 헤매고 있는데, 갑자기 눈앞에 거대한 건축물이 나타났다는 것이다. 그런데 규모가 보통 수준이 아니었다. 5층 건축물이었는데 3층까지는 나선형 계단이 있어서 올라갈 수 있는 구조였다. 건축물 안에는 수많은 불상이 안치되어 있었다. 무엇보다 석탑의 높이가 무려 27m나 된다는 사실에 깜짝 놀랐다. 아무도 그 존재를 알지 못했던 거대 건축물 이야기에 신문기자가 취재차 찾아가 그 내용을 기사화한 것이다.

'천연석으로 만들어진 희대의 탑'이라는 표제가 놀라움을 잘 표현하고 있다. 이 사실이 공개되자 거대 석탑을 보기 위해 수많은 사람들이 산속으로 들어갔지만 아직까지도 발견되고 있지 않다. NHK가 프로그램 기획 차원에서 탐방에 나선 적도 있었다. 일부러 헬리콥터를 띄워 가능성이 높은 장소를 조사한 사람도 있었는데 결국 아무런 수확이 없었다.

"일반적으로 가쓰라(桂)에 사는 인간들은 뻥이 세다는 말이 옛날부터 있었거든요."

가쓰라는 도야마현과 기후현에 걸쳐 있는 마을인데, 그곳 사람들은 과장이 심하다는 평가를 받고 있던 모양이다. 요컨대 허풍선이라는 이야기다. 하지만 말로만 전해들은 거대 석탑 이야기는 사람들의 마음에 깊은 인상을 남긴 모양이다. 사카이 씨도 오랫동안 이 석탑을 계속 찾아 헤맸다고 했다.

"암벽에 남아 있는 동굴이 그것일지도 모르지요. 그 주변에는 슈겐도(修驗道) 수련자가 틀어박혀 지냈던 동굴들이 몇 개나 있거든요."

사카이 씨가 찍어온 현장 사진을 보면 깎아지른 암벽에 뻥 뚫려 있는 동굴이 보인다. 분명 그렇게 볼 수 있는 소지가 다분하다. 단, 안에 들어갈 수도 없거니와 커다란 공간도 없다. 당연히 불상도 놓여 있지 않다.

*

의문의 석탑에 관해서는 여러 설이 뒤섞여진 상태지만, 최근에도 봤다는 사람이 존재한다.

"시라카와(白川)에 '도치모치(栃餠, 칠엽수 열매를 섞어서 찐은 화과자-역주)'를 만드는 할아버지가 계시거든요. 그 분이 발견하셨다더군요. 돌로 된 것은 아니지만 거대한 건물이 있었다고 합니다."

그 노인 분께서도 산속 깊이 들어갔을 때 멋진 건물과 조우했다.

이런 첩첩산중에 왜 이런 건물이 있는지 신기해하며 안으로 들어가 보자, 넓은 방에 장엄한 불상이 무려 여섯 존이나 안치되어 있었다. 노인은 한동안 그곳에서 쉬다가 무사히 귀가했다. 물론 두 번 다시 그는 그곳에 갈 수 없었다.

"글쎄요. 그 주변 사람들도 역시 과장이 심해서……."

사카이 씨는 이렇게 말하지만, 이것도 역시 허풍이었을까. 나는 그들이 실제로 그 건물을 발견했다고 생각한다. 산속에는 두 번 다시 갈 수 없는 곳이 있으며, 길을 잃었을 때 우연히 그곳을 발견했을 것이다. 그런 경험자의 이야기는 일본 전역 어디서나 존재한다.

아울러 오이즈루가타케산은 일본의 200대 명산 중 하나다. 정식 등산로가 없어서 눈이 쌓여 있을 때만 등산이 가능하고, 그 이외의 등정은 거의 불가능한 모양이다(해발 1,841m의 오이즈루가타케산은 잡목이 밀집한 산으로 봄의 특정 시기에만 잔설을 이용해 일부 코스의 등정이 가능함-역주). 정상부에서는 1500년대의 불상이나 경통, 칼 따위가 발견되고 있다. 슈겐도(修験道)와의 연관성을 엿보게 해주는 물건이다. 역시 슈겐도와 관련된 산은 평범한 산과 자장이 조금 다를지도 모른다.

멈추는 체인톱

'도야마현 서부삼림조합(富山県西部森林組合)'의 베테랑 나무꾼 마에다 히사요시(前田久義) 씨의 이야기다.

"아버지가 숯을 구우셔서 늘 산속에서 놀았답니다. 초등학교 시절의 일이었을까요? 눈앞으로 푸르스름한 빛구슬이 날아왔어요."

높이는 1m 정도로 자신의 눈높이와 거의 비슷했다. 마에다 씨는 난생 처음 보는 신비한 빛구슬에 강렬한 흥미를 느꼈다. 옆에서 작업하던 아버지에게 묻는다.

"아빠, 저게 뭐야?"

"응? 아, 빛구슬 말이냐? 저건 꿩이란다. 꿩이 날아오를 때 정전기 때문에 깃털이 빛나는 거란다."

마에다 씨에게는 전혀 꿩의 모습으로 보이지 않았지만, 뭐든지 알고 있는 아버지가 그렇게 말씀하시기에 일단 납득했다.

"불구슬이라는 것은 시체에서 나온 '인'이 불타오르는 게 아닐까요? 젊은 시절 홀로 작업을 하고 있는데 숲속에서 불구슬이 나온 적이 있어요. 크기는 농구공만 했고 푸른빛이 강한 보라색이었어요. 허공을 가볍게 올라가더니 순식간에 위로 날아올라가 버렸어요."

무섭다는 생각은 전혀 들지 않았다. 오히려 도대체 정체가 뭘까 궁금해서 불구슬 출현 장소로 급히 달려가 보니……

"여우인지 너구리인지 분간이 가지 않았지만, 여하튼 동물의 사체가 있더군요. 조금 전 그것은 그 아이의 영혼이었나 싶었습니다.

그래서 구덩이를 파서 묻어주었지요."

산에서 일을 하다 보면 동물의 사체와 자주 만난다고 한다. 그때마다 한마디씩 건네주고 묻어준다는 것이다.

"요 녀석, 용케 이런 곳에서 죽었구나, 가엾으니 묻어주마."

사체를 묻으면 그 위에 막대기 하나를 세우는 것이 마에다류 조문 방식이다. 평소 산에 사는 생명체에게 항상 경의를 표한 덕분에 큰 사고 없이 여태껏 무사했다고 말한다.

*

마에다 씨가 중학생 시절 동급생이 갑자기 행방불명이 되었다. 주민들이 근처 여러 산에 들어가 샅샅이 찾았지만 결국 동급생을 발견하지 못했다. 아무런 실마리도 찾지 못한 채 며칠이 지났다. 모두들 최악의 사태를 상정하기 시작했다.

"무사히 발견되었어요! 결국 골짜기에서 발견되었는데, 불러도 대답을 하지 않았어요. 바로 옆에서 이름을 부르며 찾고 있는데, 멍하니 그냥 서 있기만 하더라고요. 발견한 사람이 지금 대체 뭐하냐고 물어도 모른다고만 말하고요."

우뚝 서 있는 그의 모습은 정상이 아니었다. 보통 일이 아니라고 느낀 마을 사람들은 그를 절로 데리고 가서 불경을 올려달라고 부탁드렸다.

그가 발견된 곳은 삼나무 거목 아래였다. 예로부터 신이 깃든 나무로 알려져 있었다. 그래서 마을 사람들은 신이 그를 데리고 갔던 게 아니냐고 이야기하면서 수군거렸다.

*

"벌채 작업을 하다 보면 묘한 느낌이 드는 경우가 자주 있습니다. 잘라야 할 나무에 다가가면 다리에 힘이 풀리는 느낌이 들거든요. 다리가 붕 뜬다고 해야 할까요. 그래도 어떻게든 다가가려고 하면 이번엔 누가 뒤에서 내 목덜미를 붙잡고 있는 것 같은 기분이 들지요."

그러나 일은 일이다. 나무를 베어야만 한다. 있는 힘을 쥐어짜면서 나무에 다가가 체인톱 엔진의 시동을 건다. 당장이라도 체인톱 날이 나무를 파고 들어가려는 순간…….

"엔진이 순간 딱, 멈추는 거예요. 세상에, 역시 이러면 안 되나 싶어지지요."

"그럴 때는 어떻게 하세요?"

"일이니 어쩌겠어요. 결국 베어야겠지요. 일단 장비를 땅에 내려놓고 나무에 손을 댑니다. 그리고 기도를 드리지요. 아무쪼록 베게 해달라고 간곡히 기도를 드리는 겁니다. 결코 헛되게 쓰지 않겠노라며 무사히 베어 잘 넘어뜨리게 해달라고 빌어요."

잠시 나무에게 말을 걸어 설득한 다음 엔진의 시동을 걸자, 그대로 잘려 넘어졌다. 결코 드문 일이 아니다. 역시 주위 나무보다 현저히 거대한 나무는 어떤 힘을 가지고 있는 모양이다. 이와 유사한 이야기는 마쓰모토(松本)나 오쿠타마(奥多摩) 지역 임업종사자에게도 들었다. 나무꾼에게 공통적인 체험일까. 나무가 아니라도, 원인은 알 수 없으나 불길한 기분에 사로잡히는 포인트는 적지 않다.

"어느 마을 신사에서 나무를 잘랐어요. 경내에 조금 움푹 패어 들어간 곳이 있는데 거기에 다가가자 발 언저리에서 이상한 느낌이 드는 거예요. 안되겠다 싶어서 모든 작업을 멈추게 했지요."

모두 일단 쉬게 한 다음, 마을의 장로격인 집으로 향해 해당 장소의 사연을 물어보았다. 그러자 아니나 다를까, 그곳은 마을의 화장장이었다. 물론 당시엔 더 이상 사용되지 않았지만 흔적은 남아 있었다.

"향과 촛불을 피워 그곳에서 합장을 했습니다. 이런 일은 자주 있어요. 집터 흔적이 있는 곳에서 홀로 남아 있는 나무를 자르려고 할 때도 그랬어요."

건물도 이미 다 부서지고 터만 남아 있는 고택지가 있었다. 끝자락에 커다란 나무만 한 그루 덩그러니 남아 있을 뿐이라, 용도 배정이 안 된 미사용 토지로 변경하겠다며 벌채 부탁을 받았는데……

"역시 도저히 벨 수가 없더라고요. 무슨 사연이 있나 싶어서 이야기를 들어보니, 집안의 대를 이어야 할 사람이 자살하는 바람에 그렇게 빈집이 되었다더군요. 나무에든 도구에든 영혼이 깃들어 있다고 생각해요. 그래서 젊은 사람들에게도 그렇게 말하는데, 젊은 친구들은 기계에도 영혼이 깃든다고 생각하지 않거든요. 나는 기계에도 영혼이 깃들어 있다고 생각해 절대로 다리 벌려 기계를 넘어가지 않아요."

*

마에다 씨가 아이였던 시절엔 화장장이 아니라 들판에서 시신을
태웠다고 한다.

"이유는 모르겠지만 어린 시절부터 항상 나한테 불을 붙이게 했
어요. 참 힘들었지요. 잘 타지 않아서……."

마침 작업장에서 내려온 동료들도 화장 이야기에 한마디 거든다.

"맞아, 맞아. 배 언저리는 타다 말지. 요령껏 헤쳐가면서 태워야
해. 바비큐나 마찬가지."

세상에나, 역시 화장은 끔찍하다.

*

벌채 현장에서 이야기를 듣고 나서 헤어질 무렵, 마에다 씨가 차
의 뒷자리 문을 열어 보여주었다. 좌우 슬라이드 도어 창문에는 관
음상 그림이 붙어 있었다.

"크게 다치지 않도록 산에 존재하는 온갖 생명에 감사하면서 지
낸답니다. 그 덕분인지는 모르겠지만 현재까지는 무사하지요."

참고로 마에다 씨는 이른바 '보이는' 체질이다.

최신 과학과 교차하는 수수께끼

과거 기후현(岐阜縣)에 있던 가미오카정(神岡町)은 예로부터 광산 도시로 번영을 누렸고, 현재는 슈퍼 가미오칸데(Super-Kamiokande, 기후현 가미오카 광산에 있는 대형 소립자 관측장치-역주)가 유명하다. 축성 당시의 모습으로 재현된 가미오카성(神岡城)에서 내려다보면 사방이 산으로 에워싸인 지역이다. 교통 요충지이기도 한 가미오카정에서 180년간 이어져 내려온 료칸의 주인, 시게리 마사히코(茂利昌彦) 씨에게 들은 이야기다.

"집 뒤편이 절과 신사여서 어린 시절부터 양쪽 다 놀러 다녔습니다. 스님에게 절을 이어받지 않겠느냐는 소리를 들은 적도 있고요."

시게리 료칸에는 창업 이래 세 번에 걸쳐 큰 화재가 발생했다. 현대식 건물은 태평양 전쟁 전에 만든 것으로 입구 부근에 '이로리(囲炉裏, 방바닥 중 일부를 네모로 파내 만든 일본의 전통적 실내 난방 장치-역주)'가 설치되어 있다. 그 끝에 앉아 위를 올려다보면 여러 개의 가미다나(神棚, 일본의 가정 등에 신을 모시기 위해 꾸며놓은 작은 제단-역주)가 모셔져 있다.

"가미다나는 모두 입구로 향해져 있어요. 장사가 장사인 만큼 사람들이 많이 찾아오잖아요? 그러다 보면 개중에는 나쁜 '모노'를 끌고 오는 사람도 있기 마련이지요. 그런 사람이 들어오면 다른 손님들에게 민폐잖아요. 그래서 이렇게 가미다나를 모시고 부적을 붙여놓습니다."

상업 번창의 목적이 아니라 마귀를 쫓기 위한 가미다나라는 소리다. 시게리 씨는 어디를 가든 반야심경과 노리토(祝詞, 신도에서 신에게 바치는 말-역주)를 반드시 지참한다. 뭔가 묘한 느낌이 들면 당장 그것을 꺼내 읊는다고 한다.

 *

어느 여름 밤 시게리 씨는 쉽사리 잠을 이루지 못하다가, 결국 이불을 박차고 뒤편에 있는 절로 향한 적이 있었다.

"열대야로 잠을 이루지 못해 골프 클럽을 들고 경내에서 스윙 연습을 하고 있었어요. 시간은 새벽 1시가 지났을 무렵이었을까요."

캄캄한 어둠 속에서 골프 클럽을 휘두르고 있는데, 어디선가 아이들 여러 명의 목소리가 들려왔다. 여름이라고는 해도 한밤중이었다. 아이들만 밖에서 놀고 있을 리 만무하다. 이상하다는 생각이 들어 스윙 연습을 일단 접고 주변을 둘러보았다.

"절의 본당이었거든요? 캄캄한 본당에서 아이 목소리가 나더라고요. 이상해서 귀를 기울여보니 어른들의 목소리도 나더라고요."

아무도 없을 본당에서 아이들이 즐겁게 뛰어다니고 어른들이 시끌벅적하게 이야기를 나누는 모습이 확연히 전달되었다. 참 이상한 일도 다 있다 싶어서, 다음날 스님에게 이 말씀을 드리자…….

"절엔 돌아가신 분들이 모이기 마련이지요. 그런 장소니까요. 절대로 무서운 일이 아닙니다. 편안히 안심할 수 있는 장소기 때문에 그런 거라고 합니다. 저도 결국 마지막엔 거기에 들어가니까요, 무시무시한 곳은 아니겠지요."

*

절 본당에서는 이런 일도 있었다. 어느 밤에 일어난 일이다. 시게리 씨가 본당에서 스님과 한잔 하고 있는데, 현관문이 열리는 소리가 났다.

"누가 왔나요? 이런 시간에?"

"그 소리가 들렸나요? 좋은 경험을 하셨네요. 슬슬 ○○ 씨가 올 무렵인데."

스님 말씀에 의하면 절에 다니시는 분들 중, 임종을 앞둔 분이 계시는데 그 분이 방금 전 돌아가신 모양이었다.

"절은 이렇게 모두가 돌아오는 곳이니 전혀 무서운 곳이 아니랍니다. 좋은 곳이지 않습니까."

스님의 말씀을 듣고 시게리 씨는 절이 더 좋아졌다고 한다.

*

절 본당에 모인 망자들이 절 주변에 한꺼번에 몰려나가는 경우도 있다. 83세이신 시게리 씨는 종종 여러 술집들을 거쳐 새벽녘에야 귀가하는 경우도 드물지 않은데, 어느 날 사모님으로부터 묘한 이야기를 들었다.

"당신, 집에 돌아올 때 누구와 이야기했지요?"

"응? 아니, 나 혼자였는데? 아무하고도 얘기 안했는데?"

두 사람은 서로의 얼굴을 마주보았다. 사모님은 집 뒤편에서 여자들의 시끄러운 대화 소리를 들어서 취한 남편이 누군가와 이야기를 나누면서 귀가했다고 생각했기 때문이다. 그런데 사실 아무도 없었다. 이는 필시, 본당에 모였던 망자들이 돌아가는 길에 자기 옆을 스쳐갔기 때문일 거라고 시게리 씨는 생각했다.

＊

가미오카정은 사방이 산으로 에워싸여 있다. 아침 해가 비추는 산(서측)에는 덴구가 살고, 저녁 석양이 비추는 산(동측)은 부처님의 장소이며, 남측에 있는 산은 관음보살님, 그리고 북쪽 산은 슈겐도(修驗道)의 땅이라고 일컬어진다. 특히 북쪽 산에는 한번 들어가면 빠져나올 수 없는 곳이 있으므로 조심하지 않으면 위험하다고 한다.

"서쪽 산에는 UFO가 자주 나타난답니다. 난 몇 번이나 본 적이 있어요."

시게리 씨가 처음으로 UFO를 본 것은 상당히 옛날 일이다. 이후 하늘을 응시하는 버릇이 생겼고 그 결과 더 빈번하게 보게 되었다. 언젠가는 따님과 둘이서, 언젠가는 집 뒤편에서 여러 사람들과 같이 봤다. 오렌지 색깔의 UFO, 은색에 신비한 움직임을 반복하는 UFO 등, 다양한 형태가 있다고 한다.

"이 주변에서는 초등학교에서 많은 학생들이 UFO를 봤답니다. 그런 '모노'는 뭔지 모르겠지만 당연히 존재하겠지요. 본 적이 없는 사람은 믿지 않겠지만, 있어요, 틀림없이."

하늘로 올라가는 연기

일본 각지에서 볼 수 있는 의문의 불구슬은 도깨비불이나 '히토다마(人魂)' 등으로 불린다. 원인으로 자주 거론되는 것이 '인'이 탔기 때문이라는 것이다. 과거엔 시신을 땅에 묻었기 때문에 매장된 사체에서 '인'이 발생해 그것이 탄 것 같다. 그러나 개중에는 "동물성인 '인'은 타지 않는다. 타는 것은 광물성이다"라는 독특한 주장을 하는 사람도 있다. 결국 불구슬의 정체는 명확히 알 수 없다는 것이 정확한 표현일 것이다.

시신이 땅에 매장된 무덤은 아이들에게 항상 공포의 대상이었다. 발밑에 시체가 있다고 생각하는 것만으로도 다리가 오들오들 떨리기 시작한다. 그렇다면 화장해버리면 무섭지 않을까? 답은 '아니다'이다.

*

우리 장모님이 어린 시절, 전쟁 중 겪었던 사건이다. 당시 장모님은 학동들을 대상으로 한 소개(疏開, 적의 공습을 대비하기 위해 주민들을 분산, 이동시키는 것-역주) 정책 때문에 니가타현에서 지내고 있었다. 그러다 친척 분들 중 슬픈 일이 생겨 장모님도 장례식에 참석하게 되었다. 시골에서 경험한 첫 행사에서는 도대체 무엇을 할지, 흥미진진하다. 장례식을 마치고 관을 메자 친척 일동이 조용히 시골길을 걸어간다. 도회지에서 자랐던 장모님에게는 장지로 향하는 광경이 신선하고 아름다울 정도였다. 그런데…….

"야외 화장터에 도착했는데 아무것도 없는 곳이었어요. 그냥 황량한 들판이었지요. 거기서 땔감을 쌓아 놓고 그 위에 관을 올렸지요."

설마 이대로 불을 붙이는가 싶었는데, 아니나 다를까 남자들이 장작에 불을 붙이기 시작했다.

"점점 불길이 거세지더니 조금씩 관 주변에도 불길이 휩싸이기 시작해서……."

야외에서 화장하는 것은 난생 처음이라 전혀 눈길을 뗄 수 없었다. 관 바깥쪽이 불길에 휩싸이더니, 잠시 뒤 불에 타버린 관의 '테두리'가 튕겨나간다.

"그러자 관이 순간적으로 폭발할 것처럼 확 열리더니 안에 들어가 있던 사람이 타기 시작하면서 '벌떡' 일어섰어요. 정말 무서웠어요!"

이것은 땅에 매장하는 것보다 훨씬 무시무시하다!! 그러나 마을 사람들에게는 별반 특별한 사건도 아니어서 모두들 침착한 얼굴로 바라보고 있었다.

*

과거 기후현에 있던 뉴카와촌(丹生川村, 현재 다카야마시[高山市])은 기후현 중에서도 깊숙이 들어간, 막다른 지점에 위치한 마을이다. 오늘날엔 히라유(平湯) 터널이 생겨 나가노현으로의 이동이 용이하지만, 이전엔 겨울철에 고립되는 일이 드물지 않았다. 노리쿠라다케(乘鞍岳) 등산이나 스키장으로 사람들이 북적거리는 이 지역에서 민박집을 경영하는 나카지마(中嶌) 씨의 화장 경험담이다.

"할아버지가 돌아가셨을 때, 복잡한 심정으로 지켜보고 있었어요. 소중한 할아버지였거든요. 관은 누군가가 죽으면 근처 사람들이 만들어요. 그 안에 우리 할아버지를 넣어야 하는데, 그것이 보통 힘든 일이 아니었어요. 다리나 팔이 굳어버린 상태라 모두 함께 억지로 밀어 넣어야 했어요."

당시엔 지금과 달리 시신을 눕힌 상태가 아닌, 앉아 있는 상태로 넣는 관을 준비했다. 눕혀 있던 할아버지를 거기에 앉히기가 쉽지 않았다. 심지어 관절을 꺾어서라도 넣어야 했다.

"그러고 나서 태우는 장소에도 따라갔어요. 애틋한 할아버지였거든요. 어떻게 되실까 싶어서."

시신을 태우는 장소는 마을에서 조금 내려간 들판이었다. 들판 한가운데 관을 내리고 나서 그 주위를 대량의 짚으로 덮어놓고 불을 붙인다. 이 지역에서는 장작을 사용하지 않고 짚만으로 태웠다고 한다.

"무서운 기세로 타기 시작했는데, 딱히 두렵거나 무시무시하다는 생각은 들지 않았어요. 그런데 냄새가……."

사람이 타는 냄새는 강렬했다. 너무나 역해서 나카지마 씨의 후각에는 아직도 깊이 각인되어 있다고 한다.

"사람이 좀처럼 타질 않더라고요. 밤낮으로 꼬박 하루 걸리기 때문에 몇 번이나 불 상태를 보러 가야 했지요. 한밤중에도 타고 있는 현장에 가야 할 필요가 있어서 근처 아저씨가 그렇게 했어요. 그 분 말씀에 의하면 약한 불길로 타고 있는 곳에서는 때때로 '살려줘~'라는 소리가 들린대요."

역시 화장은 매장보다 상당히 무시무시하다.

*

화장터는 길에서 조금 내려간 곳에 있었다. 지나가는 사람이 직접 목격할 수 있는 곳이 아니었다. 어느 날 현지 사람이 거기에서 연기가 올라오는 것을 확인했다.

"어라? 이상하네? 오늘은 아무도 태우지 않았을 텐데……."

해괴하게 생각해 길을 내려가 보고, 경악했다.

"관광하러 온 사람이 바비큐를 하고 있었어요. 그 무렵에는 조금이라도 관이 잘 타도록 돌로 아궁이 비슷하게 만들어 놓았거든요. 거기서 고기를 굽고 있더군요."

무지함이란 실로 무시무시한 노릇이다.

"옛날엔 태운 연기가 위쪽으로 흐르면 다음엔 그쪽의 사람이, 아래쪽으로 흐르면 그쪽의 사람이, 다음에 죽는다고 말하곤 했지요."

이렇게 들판에서 시신을 태우는 것은 1965년(쇼와 40년)경까지 행해졌다고 한다.

작은 모자

이시카와현(石川県)은 지비에(gibier, 사냥한 야생동물의 고기를 소비하는 것-역주)를 비롯한 야생동물 활용에 힘을 쏟고 있는 현이다. 특히 하쿠산(白山, 해발 2,702m의 화산으로 후지산, 다테야마와 함께 일본 3대 명산 중 하나-역주) 주변에서 야생동물 고기의 보급에 노력하고 있는 것이 '하쿠산후모토회(白山ふもと会)'다. 이 모임에 재적하고 있는 아리모토 이사오(有本勲) 씨는 원래 야생동물 조사나 관리 분야의 전문가다. 학창시절부터 발신기를 매단 곰을 각지에서 추적하면서 생식지역이나 개체수를 조사하고 있었다.

"오쿠타마(奧多摩)에서 곰의 생태조사를 했을 때였지요. 매번 왔다 갔다 하는 것도 힘들어서 연구실 차원에서 현지에 집 한 채를 아예 빌려서 거기서 기거했어요."

최근까지만 해도 노인 여성이 혼자 살던 집이었다. 주인이 결국 노인시설에 들어가게 된 바람에 갑자기 세입자를 구하게 된 집이었다. 이사 직전까지 사람이 살고 있었기 때문에 상태는 그다지 나쁘지 않았다. 오래되긴 했어도 청결하고 사용하기에도 편리했다. 단, 방안에 인형이 놓여 있는 점만 빼고.

"잠을 자는 방에 프랑스 인형이 있었거든요. 그게 상당히 불쾌했어요. 방안에 있다가 괜히 시선이 마주치는 기분이 들어서……."

할머니가 남기고 간 프랑스 인형이다. 맘대로 갖다버릴 수도 없고, 한동안 꾹 참고 있었다. 하지만 매일 시선이 마주치다 보니 도저

히 견딜 수 없었다. 아리모토 씨는 결국 인형을 오시이레(押入れ, 일본 가정집 벽에 흔히 설치되어 있는 붙박이 벽장 스타일의 수납공간-역주) 깊숙이 집어넣어버렸다. 그러고 나서 얼마 지난 어느 날, 조사를 마치고 집에 와 어두컴컴한 방의 전기를 켜자……

"처음엔, 그게 뭔지 잘 몰랐어요."

환해진 방 한가운데 하얗고 자그마한 물체가 있었다. 뭔가 싶어서 손에 집어든 순간, 등줄기를 타고 소름이 쫙 끼쳤다.

"모자였어요, 작은 모자. 그 프랑스 인형의 모자만 방 한가운데 깜빡한 것처럼 떨어져 있었어요."

길조차 없는 깊은 산속도 씩씩하게 조사하러 들어가는 아리모토 씨는 딱히 두려움을 느껴본 적은 없다고 한다. 단, 이 한 건만 빼고는…….

선향 냄새

　현재 이시카와현에 살고 있는 사토 마리코(佐藤真理子) 씨에게 들었던 이야기다. 사토 씨는 젊은 시절부터 등산에 진지한 뜻을 품었던 사람이다. 젊은 시절엔 간토 지방에서 일하면서도 고향에 있는 산악회에 소속되어 활동하면서 이름난 명산, 까다로운 코스에 적극적으로 도전해왔다.

　"사이가 좋아서 함께 산에 오르는 친구들이 산악회에 있어요. 남성들인데 그중 두 사람이 다니가와다케(谷川岳, 군마현과 니가타현의 경계에 있는 미쿠니[三国] 산맥의 주봉-역주)의 히치노쿠라사와(一ノ倉沢, 다니가와다케의 동북쪽에 있는 계곡-역주)에서 죽었을 때는 충격을 받았어요."

　갑작스러운 이별이다 보니 슬퍼할 겨를조차 없었다. 사고사는 특히 그렇다. 하지만 장례식 등으로 황망한 며칠이 지나자, 어쩔 수 없이 일상으로 돌아올 수밖에 없다. 시간이 흐르면 슬픔도 치유될 거라고 머리로는 이해하지만, 마음은 여전히 잔뜩 가라앉은 상태였다.

　"어느 날 아무도 없는 오피스에서 혼자 일하고 있을 때였는데요……."

　시각은 해질 무렵에 가까웠을까. 때마침 인기척 없는 오피스에서 홀로 책상에 앉아 있는데, 어떤 향기가 콧속으로 들어오는 것을 느꼈다. 오피스에서는 맡아본 적이 없는 냄새였다.

　"응? 뭐지, 이 냄새는?"

　사토 씨는 고개를 들고 주위를 둘러보았다. 이 냄새가 어디에서 흘러들어오는지를 도무지 알 수 없었다. 그러나 그 정체가 무엇인지는 단박에 알아차릴 수 있었다.

"선향 냄새였어요. 주위에 연기 따윈 물론 없었고요. 냄새만 나는 거였어요."

아무도 없는 오피스이니 선향을 올릴 사람이 있을 리 만무하다. 그러나 사토 씨는 확실히 알 수 있었다.

"어머나, 그 사람들이 와주었구나!"

선향 냄새는 그들의 장례식에서 감돌고 있던 그것이라고 확신했다.

*

얼마 후 사토 씨는 4인 1조로 다니가와다케산을 향했다. 기상 조건은 결코 나쁘지 않았다. 순조롭게 바위 표면을 붙잡고 조금씩이지만 확실히 높은 곳을 향하고 있었다.

"마침 세 번째 바위 위에 올랐을 때였어요. 소규모지만 낙석을 만났지요. 치명상은 어떻게든 면했지만……."

낙석으로부터 몸을 보호하면서 잠시 가라앉길 기다린다. 조용해진 암벽에서 동료의 안전을 확인하자 전원 무사했다. 하지만 마음이 놓인 것도 한 순간에 불과했다. 자신의 몸에 이변이 생긴 것을 알아차렸다. 오른쪽 발에 힘이 들어가지 않는다. 마비된 것 같았다.

"점점 피가 번지기 시작해서, 이를 어쩌나 싶었어요. 장소가 장소니까요."

소매를 걷어보니 무릎 위가 갈라져 피가 흘러나오고 있다. 통증은 있지만 골절은 아닌 듯했다. 사토 씨는 상처 부위를 지혈하고 나서 잠깐 쉬었다가 계속 오르겠다고 결단을 내렸다.

"결국 끝까지 오른 것이 오후 11시경이었어요. 그리고 나서 헤드라이트 불빛에 의지하면서 종주를 개시했지요."

뼈가 부러지지는 않았지만 상당히 상처가 깊었다. 걷는 속도에 전혀 진전이 없어서 괴로운 종주였다.

"오전 2시경이었어요. 아무것도 없는 풀밭에서 쉬고 있는데 세상에, 그 냄새가 다시 나는 거예요."

그것은 기억에 각인되었던 선향 냄새였다. 사토 씨는 바로 이 산에서 조난사한 그들이 바로 곁에 있다고 느꼈다.

"분명 내게 경고하고 있다고 생각했어요. 이제 암벽등반은 그만두는 편이 낫다고 말하고 있는 거라고."

선향 냄새는 사토 씨밖엔 느낄 수 없었다. 그것이 자신에 대한 경고라고 받아들였던 이유이기도 했다. 이후에도 사토 씨는 산을 계속 오르고 있지만, 암벽등반과는 단호히 연을 끊었다고 한다.

나쁜 '모노'

사토 씨와 친한 등산 동료들에게 일어난 사건이다. 등산 동료들은 여성 등산가로 이름이 알려진 사람들이기도 했다. 그런 그녀들이 3인 1조로 센노쿠라산(仙ノ倉山, 군마현과 니가타현에 걸쳐 있는 산-역주)에 올랐다. 쓰치타루역(土樽駅)에서 입산해 센노쿠라 북쪽 능선을 나아가는 코스였다. 상급자인 그녀들에게는 비교적 편안한 등산이다. 순조롭게 걸어 예정대로 텐트장에 도착하자 야영 준비를 시작했다. 바람이 기분 좋게 불어온다. 저물어가는 하늘이 아름다운 석양으로 물들어 간단한 식사도 성찬으로 여겨졌다. 이것 역시 산의 마법이다. 텐트 안에 들어가자 동료들 이야기, 일 이야기, 산 이야기 등등 끊임없이 이어지는 대화가 즐거웠다. 이렇게 서서히 산속에서의 밤이 깊어갔다. 슬슬 잘 태세에 돌입했을 무렵, 한 사람이 갑자기 일어나더니,

"있네."

라고 한마디를 흘린다. 다른 한 사람도 일어서더니 암흑 속을 투시하는 눈으로 응시한다.

"웅, 있네. 뭔가가 온 것 같아."

"어떡하지?"

두 사람은 생각에 잠겼다. 잠시 침묵이 이어진다.

"도저히 안 되겠어."

"그지? 좋았어, 철수!!"

갑자기 두 사람은 침낭에서 뛰쳐나오더니 엄청난 기세로 정리를 시작했다. 가엾은 사람은, 뭐가 뭔지 영문도 모른 채 덩그러니 남아 있던 한 사람이었다.

"응? 뭐가? 무슨 일이 있었던 거야? 응? 지금부터 이동한다고? 왜??"

"어쨌든 가야 해!"

베테랑인 두 사람이 그렇게 말하니 따를 수밖에 도리가 없다. 황급히 오밤중에 이동해야 하는 상황이 되었다. 이때 두 사람은 텐트 주변에서 이상함을 감지하고 있었다. 뭔가가 주위를 배회하고 있는 느낌을 확연히 느끼고 있었던 것이다. 훗날 사토 씨는 이때의 철수 이유를 듣게 된다.

"뭔가 나쁜 '모노'가 텐트 주변에 있었는데 그것이 뱅글뱅글 돌고 있었다고 해요. 두 사람은 그런 것을 알 수 있는 체질인데 한 사람은 전혀 느끼지 않는 사람이라서……."

느끼지 않는 것은 결코 나쁜 것이 아닐지도 모른다. 알면 병이고 모르는 게 약이다. 다니가와타케는 한정된 범위에서의 조난사, 추락사 희생자가 세계 최고로 기네스북에 오를 정도로 위험한 산이다. 평범한 산과는 다르다. 모든 점에서.

낯선 사냥터

미에현(三重県)의 나카지마 쓰요시(中島毅) 씨에게 들은 이야기다. 나카지마 씨는 멧돼지 사냥개 훈련소를 경영하는 베테랑 엽사다. 나카지마 씨 본인에게는 신기한 사건이 없었다고 하는데, 동료들에게는 다양한 체험담을 듣고 있다.

"기후현 세키시(関市)의 엽사가 사냥터에서 이상한 '모노'를 봤다고 하더라고요."

사냥철에 동료 몇 사람과 산에 올라갔을 때의 일이다. 면밀한 회의를 마치고 각각 자신이 배치된 곳으로 향한다. 그런데 엽사 한 사람이 나무들 사이를 헤치고 자신이 배치된 곳으로 올라가려는데…….

"어라? 누구지?"

가쁜 숨을 몰아쉬며 경사면을 올려다보자, 자신이 배치된 장소에 이미 누군가가 서 있는 게 아닌가!

"어럽쇼? 오늘은 다른 그룹도 올라와 있나? 난처하게 되었는걸."

선수를 빼앗겼다면 도리가 없다. 무선을 꺼내 연락을 취했다.

"누군가 먼저 들어와 있으니 나는 능선 쪽을 이동하겠네."

무선 연락을 받은 동료는 그 의미가 잘 이해되지 않았지만, 시시콜콜 따져 묻지 않은 채 사냥을 개시했다. 산을 넘나들며 하루 종일 진행된 사냥이 무사히 끝나고 저녁 무렵 술자리가 벌어졌다. 그날을 돌아보거나 과거 일을 다시 꺼내 되새김질을 하는 술자리는 평소처럼 즐겁기 그지없었다. 상당히 술이 올랐을 무렵, 한 엽사가 문득 생각난 듯 말했다.

"그러고 보니 아침에 했던 말, 그건 무슨 뜻이었나?"

"맞아, 누구 이미 들어와 있다고 말했는데, 누구야, 그게?"

"그거? 그건 내가 사냥하기로 했던 곳에 누군가 먼저 와 있었어. 그래서 내가 다른 곳으로 이동했거든."

이 소리를 듣고 모두들 묘한 표정을 짓는다.

"오늘 거기에 있었던 것은 우리뿐이었는데? 뭘 잘못 본 거 아니야?"

잘못 봤다고? 아니……, 그렇지 않다. 그 사내는 오렌지 조끼는 입고 있지 않았지만, 틀림없이 총을 든 엽사로 보였다. 그러나 이날 그 현장에 들어간 엽사 그룹은 달리 또 없었다.

"물론 다른 차도 올라오지 않았고요. 그 그룹 이외에는 아무도 없었을 텐데, 낯선 자가 서 있었다고 이야기했지요. 이거, 실은 다른 세 명의 엽사들도 봤어요, 그 자를. 그것도 완전히 같은 장소에서."

　＊

나카지마 씨는 신기한 체험을 한 적은 없지만, 이른바 '불구슬'을 목격한 적은 있다고 한다.

"농구공 정도의 크기였어요. 산속에서 날아다니고 있는 것을 봤어요. 결국 '인'이 타올랐을 뿐이지 않을까요?"

당시 나카지마 씨는 아는 엽사와 둘이서 산에 올라가 있었다. 그
날은 유독 날씨가 나빠서 일찌감치 사냥을 접고 하산을 시작했는
데,

"이봐, 저것 좀 봐!"

한 사람이 나무 위를 올려다보며 떨리는 목소리로 말했다.

"뭐가?"

다른 사람도 올려다보자, 어슴푸레한 숲속에 밝은 빛구슬이 훨훨
날아다니고 있는 것이 보였다. 굳어버린 두 사람은 한동안 수수께
끼의 물체를 응시하고 있다가, 도저히 견딜 수 없어졌는지 한 사내
가 총을 들었다. 그리고 그 빛나는 구슬을 겨냥했다.

"이, 이봐, 그만둬! 바보같이 무슨 짓이야! 쏘지 말라니까!"

상대가 필사적으로 만류한다.

"저런 걸 쐈다가 무슨 봉변을 당하려고!"

발포에서 벗어난 빛구슬은 한동안 사내들 머리 위를 천천히 날아
다녔다고 한다. 만약 쐈다면 과연 어떤 일이 벌어졌을까? 조금 신경
이 쓰인다.

벌레잡기

시가현(滋賀県) 오쓰시(大津市)에서 '멧돼지 게르게/문어 게르게(猪ゲルゲ / たこゲルゲ)'라는 가게를 열고 있는 니시무라 데스타로(西村哲太郎) 씨의 이야기다.

니시무라 씨는 '함정(덫) 수렵 엽사'로 자신이 잡은 사슴이나 멧돼지를 가게에서 제공하고 있다. 어린 시절부터 사슴벌레 잡기를 좋아해서 지금도 밤이 되면 산길을 자주 걷는다고 한다.

"얼마 전 일인데요, 산에서 방향감각을 잃어버린 적이 있었어요."

밤에 산길을 걷다가 길을 잃는 일은 별반 신기한 일은 아니라고 생각되는데…….

"기본적으로 혼자 산에 가거든요. 그런데 그땐 우연히 친구와 둘이서 이시야마(石山, 시가현 오쓰시-역주) 쪽으로 올라갔어요."

평소 자주 다녀서 익히 알고 있던 산이다. 차를 세워놓고 산에 올라가 송전선 철탑 아래를 지난다. 그대로 한참 올라가면 조금 넓게 펼쳐진 곳이 있었고, 그 바로 옆에 쓰러져 있는 커다란 고목이 있다. 멀리서 메이신고속(名神高速, 나고야 근방에서 고베 근처까지 이어지는 고속도로-역주)을 달리는 차 소리가 끊임없이 들려왔다.

"밤 11시 이전이었을까요. 슬슬 돌아갈 생각으로 올라올 때 눈여겨 봐두었던 나무를 찾았어요."

캄캄한 산속에서 보이는 것이라곤 라이트에 비춰진 좁은 범위만이다. 확실한 귀로를 확보하기 위해서는 몇 개 정도 표식이 필요하다. 이끼로 뒤덮인 커다란 바위, 익숙한 나무나 쓰러져 있는 고목, 그런 것들을 조합하면 어떻게 돌아가야 할지, 길이 자연히 명확해질 것……이라고 예상했다.

"그런데 가도 가도 끝이 없었어요. 계속 걸어갔는데도 도무지 차를 세워둔 곳이 나오질 않는 거예요. 이상하다고 생각하면서 길을 찾아보는데, 결국 같은 곳을 빙글빙글 돌면서 걷고 있었던 거지요."

친구는 초행길이다 보니 별다른 의심을 품지 않았는데, 니시무라 씨는 점점 불안해지기 시작했다. 20분 정도면 차에 도착할 수 있었는데 결국 1시간 이상이나 어둠 속을 헤매고 있다.

"진짜로 초조해지더라고요. 뱅글뱅글 돌다가 묘한 사실을 알아차렸어요. 메이신고속도로에서 나는 차 소리가 평소엔 오른쪽에서 들리거든요. 내려갈 때는요. 그런데 반대쪽에서 들리더라고요. 그래서 이상하다는 생각이 들었어요. 친구에게도 확인했더니 역시 왼쪽에서 들린다고 하더군요."

길을 헤맨 원인은 이것뿐이었을까? 평소엔 표식이 될 만한 나무를 뒤로 하고 내려가면 오른쪽에서 메이신고속도로의 소리가 들린다. 그 사실을 바탕으로 앞으로 나아가자 잠시 뒤에 차를 세워두었던 곳에 도착했다. 그러나 오늘은 달랐다. 어느 사이엔가 메이신고속도로가 이사라도 간 것 같았다. 결국 2시간 이상 어둠 속에서 악전고투하면서 두 사람은 가까스로 차가 있는 곳까지 올 수 있었다.

"산 속에서 일어나는 신기한 일이요? 선배 엽사는 그런 일이 있다는 말씀을 자주 하더군요. 절대로 죽일 수 없는 사슴 같은 거. 그런 사슴에게는 총을 겨눠봐야 방아쇠를 당길 수 없대요. 그리고 베서는 안 될 나무를 베다가 급사한 사람의 이야기도 들었어요. 산속에서 일어나는 신기한 일, 역시 있긴 있는 걸까요?"

하늘로 치솟는 빛기둥

나라현(奈良県) 중앙부에서 미에현(三重県), 와카야마현(和歌山県)에 걸쳐 광대한 산악지대가 펼쳐져 있다. 결코 높은 산은 아니지만 매우 험준하며, 엔노 교자(役行者)라고도 불린 엔노 오즈누(役小角)가 슈겐도(修験道, 일본의 산악 종교-역주)를 연 곳이기도 하다. 요시노(吉野)에서 구마노(熊野)로 이어지는 산악 루트는 '오미네오쿠가케미치(大峯奥駈道)'라고 일컬어지는 수행자 도로다. 일본에서 가장 면적이 큰 도쓰카와촌(十津川村)을 비롯해 복수의 촌(村)들이 옹기종기 모여 있는 나라현 남부는 산과 생활, 그리고 신앙이 긴밀히 이어진 곳이기도 하다.

*

요시노강(吉野川)의 원류(源流)가 흐르는 곳에 펼쳐진 가와카미촌(川上村)에는 일본에서 가장 오래된 식목지가 있다. 수령 400년이 넘는 삼나무나 편백나무 거목이 남아 있어서 보는 이를 압도한다. 그런 가와카미촌의 다카하라(高原)에서 이야기를 들어보았다.

"무서웠던 것은 역시 이세만 태풍(伊勢湾台風, 1959년 상륙해 5000명이 넘는 사망자를 발생시킨 태풍-역주)이었지요. 200명밖에 없는 마을에서 59명이 죽어나갔으니, 무시무시했어요."

다카하라 마을은 1959년(쇼와 34년)의 이세만 태풍으로 괴멸적인 피해를 입었다. 마을 전체가 대규모 산사태라는 직격탄을 맞았기 때문이다. 직격탄이 뜰 앞마당을 스쳐지나가 구사일생으로 살아난 사람도 있다. 그녀가 아침에 일어나 창문 밖을 보자, 익숙한 풍경은 모조리 사라져버렸다고 한다.

"집이 몇 집 있었고 밭도 있었는데, 모조리 사라져 버렸어요. 행방불명된 사람도 있었지만, 결국 찾지 못했지요."

폐허가 된 고향을 매일같이 바라보는 것은 고통스럽기도 했다. 마을의 부흥은 좀처럼 진척되지 않았고 태풍이 지나간 지 4년이 넘어도 집 앞의 풍경은 그날과 변함이 없었다.

"도저히 기분이 좋아질 수가 없었어요. 졸지에 땅에 묻혀 나오지 못한 사람도 있으니까요. 1964년(쇼와 39년)경이었을까요? 창밖을 바라보고 있었는데 빛이 하늘로 치솟았어요."

황폐된 땅의 캄캄한 어둠 속에서 한줄기의 빛이 하늘 높이 솟구쳐 올라가는 것이 보였다. 직경은 1m 정도였으며, 똑바로 위를 향해 올라가더니 어느새 사라져 버렸다. 전혀 생각지도 못했던 일이라 그녀는 벌벌 떨면서 이 일에 관해서는 아무에게도 이야기하지 않았다고 한다.

"그건 그렇지요. 사람이 그렇게나 죽었던 곳이니까요. 너무 무서워서 가족들에게조차 이야기하지 못했어요."

이야기를 듣고 있던 그녀의 어머니는,

"그런 일이 있었니? 왜 말을 하지 않았어?"

"무섭잖아요. 엄마도 들었으면 무서워했을 거예요."

"……그렇지, 들었다면 역시 무서웠겠지."

아는 게 병, 모르는 게 약이다.

지렁이 소면

「가와카미촌의 옛날이야기」라는 책자를 받아, 대충 페이지를 넘겨보다 보니 눈길이 가는 이야기가 있었다. 고작 5행의 짧은 내용이지만, 그것은 틀림없이 사람이 감쪽같이 사라지는 부류의 이야기였다. 장소는 앞서 언급했던 다카하라 마을이다. 이야기를 듣다 보니 행방불명 피해를 입은 사람의 관계자를 만날 수 있었다. 연세가 86세이신 나카쓰지 미에코(中辻ミエ子) 씨의 이야기다.

"사라진 사람은 고토메(コトメ) 할머니였어요. 우리 할머니의 여동생이었으니 아주 한참 전 일이었어요."

지금으로부터 160년 정도 이전, 막부 말기부터 메이지 시대 초기에 일어난 사건이었다. 당시 6세 정도였던 고토메 씨가 뜰 앞마당에서 노니는 것을 가족들이 봤는데, 이 모습을 마지막으로 갑자기 행방불명이 되어버렸다.

"연기처럼 사라져 버려서 엄청난 소동이 일어났던 모양입니다. 고토메 할머니를 찾으려고 모두 모여서 양동이 따위를 두드리면서 마을 주변을 돌았지요. '고토메를 돌려줘'라고 외치면서요."

마을 구석구석을 샅샅이 찾았지만 아무런 단서도 없었다. 기울어져 가기 시작한 해를 보면서 모두들 초조해지기 시작했다. 만약 산속에 들어갔다면 최악의 사태를 각오해야 한다. 그래서 본격적인 산속 탐색을 시작하기 전, 마지막으로 마을 안을 찾기로 했다.

"고토메를 돌려줘~"

몇 번이나 찾았던 곳을 돌고 또 돌며, 모든 사람이 결국 포기하려던 찰나,

"있어, 있다구! 고토메가 여기 있어!!"

산에 메아리가 칠 정도로 우렁찬 고함소리가 들렸다. 고토메 씨는 발견되었다. 그것도 집 바로 옆에 있는 신사에서.

"실은, 볼이 터지도록 입안에 뭔가를 넣고 있었대요. 뭐라고 생각해요? 세상에, 지렁이였어요. 입에서 지렁이가 나오더니, 그러고 나서 엄청나게 지렁이를 토해냈어요."

고토메 할머니의 이야기에 의하면 누군지는 모르겠지만 다정한 사람이 자길 데려가 주었고, 맛있는 소면을 먹게 해주었다는 것이다. 물론 실제로 먹고 있었던 것은 지렁이였다.

"그건 여우의 소행일까요? 여우가 그런 짓을 할까?"

미에코 씨는 지금도 고토메 할머니를 때때로 떠올린다고 한다.

*

가시와기(柏木) 마을에 사는 우라모토 세이이치(浦本政一) 씨도 여우 이야기를 해주었다.

"우리 누나가 초등학교 시절의 일이었는데요. 곤고사(金剛寺, 곤고지)에 갔다 돌아오는 길에 산길을 걷고 있었는데 아무리 가고 또 가도, 도대체 집이 나오질 않더래요. 하나로 쭉 뻗은 길이어서 헤맬 곳도 없었거든요. 그런데도 도무지 집에 갈 수가 없어서 산속에서 한

동안 헤맸다고 해요. 그건 여우 탓이라고 말하더군요."

마을 사람이 고등어를 가지고 가고 있는데 감쪽같이 고등어가 사라졌다는 이야기도 있다. 이것을 보면 각지에서 들었던 여우의 짓궂은 장난은 여기서도 건재하다는 사실을 알 수 있었다.

과거엔 차량이 다니는 도로가 없어서 좁은 산길을 오로지 걸어갈 수밖에 없었다. 사정은 밤이어도 마찬가지다. 용무가 있으면 한밤중이라도 칠흑같이 어두운 산길을 걷는 일은 결코 드물지 않았다.

"나는 젊은 시절 전보 배달도 했습니다. 그러면 한밤중에 긴급전보 의뢰가 오곤 하지요. '우나덴'이라는 말 들어보셨어요? 긴급전보를 그렇게 불렀어요."

긴급전보는 즉시 전달해야 한다. 배달할 곳은 언제나 같은 장소였다.

"여기서 8km 정도 떨어진 곳에 산노코(三之公)라는 곳이 있거든요. 남북조 시대의 남조 사적인데요. 거기에 작업장이 있어서, 항상 그곳에 배달을 해야 했어요."

실은 이 경우, 전보를 치는 사람과 받는 사람이 동일하다. 한밤중에 8km나 산속을 혼자 걷는 것이 무서운 작업장 사람이 긴급전보를 부탁한다. 그러면 배달자가 그쪽으로 향할 것이기 때문에 배달자와 함께 산길을 걸어가려는 작전이다. 그렇다면 돌아올 때는 배달자 혼자 오게 될까? 실은 그렇지 않았다.

"한밤중이니까요. 산길은 위험하지요. 그럴 경우엔 배달자 두 사람이 가게 되어 있어요. 그래서 갈 때는 의뢰인과 셋이서 올라가고,

돌아올 때는 둘이 같이 돌아오지요."

무서운 것은 무섭다. 돈을 좀 내더라도 누군가 산길의 동행이 되어주길 바라기 마련이다.

산사의 소동

가와카미촌의 소기오(粉尾) 마을 안에 있는 고지대의 작은 절에서 들은 이야기다. 현재 이 절을 홀로 지키고 있는 우에노 미치코(上野 美智子) 씨는 나라시(奈良市) 출신이다. 아버지가 주지로 있는 소기오에 오고 나서 쭉 이 절에서 지내고 있다.

"어린 시절 아버지가 자주 말씀하셨지요. 조만간 누군가 죽는다고. 그리고 나서 2, 3일 있으면 역시 누군가가 죽는 거예요. 어떻게 그런 것을 알아요? 아버지에게 이렇게 물어봤더니 누군가 한밤중에 참배를 하러 절에 왔다고 하셨어요. 어린아이여서 저는 이해할 수 없었어요."

*

미치코 씨는 성장함에 따라 예감을 느끼는 일이 잦아졌다고 한다. 어느 날 밤의 일이다. 거실에서 고타쓰(발열 장치가 달린 낮은 탁자 스타일의 일본식 난방기구-역주)에 들어가 편안히 쉬고 있는데, 본당 쪽에서 엄청난 소리가 났다.

"엄청난 소리가 나면서 덜컹거렸어요. 아미타불도 부처님도 모두 쓰러져버렸을 거라고 생각했지요."

조용한 절 안에 울려퍼진 요란한 소리에 가족들은 깜짝 놀라 본당으로 달려갔는데……

"아무렇지도 않은 거예요. 아주 쥐 죽은 듯이 조용했지요. 아, 누군가 왔었구나 싶었어요."

다음날 근처에 사는 사람이 산속에서 일하다가 갑자기 세상을 떠났다. 와이어로 매달아둔 큰 나무가 벗겨져 그 사람을 직격했기 때문이다.

＊

"기(きい) 할머니 때도 신기한 일이 있었어요. 돌아가시기 일주일 정도 전에 묘한 소리가 났거든요."

이웃 사람들한테도 그 소리에 대해 질문을 받았다.

'오늘은 누군가의 법사가 있나요?'

'여기 물이라도 새고 있지 않나요?'

물론 법사는 없었고, 수도관도 망가지지 않았다.

"본당에서 종소리가 나는데 묘한 소리였어요. 평범한 종소리가 아니라 '부웅' 하고 땅 밑에서 들리는 불쾌한 소리였어요. 얼마 후 기 할머니가 돌아가셨지요. 이 절은 신기한 절이라고 모두들 말했어요."

주지인 아버지는 50대에 세상을 떠났다. 매년 한겨울이 되면 짚신을 신고 한행(寒行, 혹한기 30일 동안 추위를 참는 고행-역주)을 떠나는 아버지의 모습을 미치코 씨는 똑똑히 기억하고 있다.

"추운데 뭐하려 그런 걸 해? 이렇게 물어본 적이 있어요. 그랬더니 아버지가 '그 나름의 그릇이 되려면 이 정도는 해야 한단다'라고 말씀하셨어요."

친척이 사고를 당해 죽을 뻔한 적이 있다. 미치코 씨가 병원에 달려가자 빈사 상태의 그가 입을 열었다.

"네 얼굴 옆에……부처님이 보인다."

이후 그는 갑자기 회복되어 간신히 목숨을 건졌다. 미치코 씨가 데려 온 부처가 염라대왕은 아니었던 모양이다.

＊

다카하라 마을에 있는 절의 어머님도 비슷한 이야기를 해주었다.

"저는 별로 못 느끼지만 아들은 온갖 것을 봅니다. '한밤중에 할머니가 본당에서 참배하고 계셨는데, 그건 누구?'라고 말하기도 했지요. 몇 번이나 됩니다. 그리고 제단(祭壇)에 올려진 나무망치(木槌)가 떨어지면 사람이 죽습니다. 이것도 참 신기하지요. 걸려 있기 때문에 간단히 떨어지지는 않거든요."

이 나무망치와 죽는 사람의 인과관계는 확률적으로는 거의 100%라는 말이 된다.

늑대와 뱀

일본늑대가 마지막으로 포획된 것은 나라현 히가시요시노촌(東吉野村)에서였다. 그런 탓에 자칫 일본늑대 절멸지로 오해되고 있는데, 어디까지나 포획된 것이 마지막이라는 의미일 뿐, 절멸지인지는 확실치 않다. 그 증거로 도호쿠 각지에서 쇼와 시대 초기까지 일본늑대가 멀리서 짖는 소리가 들렸다는 증언이 많다. 이는 나라현 야마나카(山中)에서도 마찬가지다.

시오노하온천(入之波温泉, 요시노 가와카미촌에 있는 온천-역주) 근처에 사는 나카히라 간지(中平寛司) 씨는 산에서 일을 한 지 50년, 사냥 경력 50년의 베테랑 '산 사나이'다.

"우리 아버지도 사냥을 했거든요. 불구슬? 아, 아버지는 산속에서 불구슬을 발견해서 그것을 쫓아갔다 왔지요. 나는 그런 것 본 적 없고요."

불구슬을 쫓아가다니, 상당히 강심장을 지닌 아버지였던 모양이다. 그런 아버지라도 불쾌하다고 느끼는 경우는 있었던 모양이다.

"밤에 산속을 걸어가다 보면 건너편에서 여자가 오는 경우가 있는데, 그 여자가 인사를 안 할 때는 역시 기분이 나쁘다고 말씀하셨지요."

대부분 서로 안면이 있는 산촌에서 인사를 하지 않는 것은 외지인 정도다. 심지어 한밤중에 혼자 걷는 낯선 여자는 외지인 정도가 아니라, 애당초 이 세상 사람인지조차 의심스럽다. 배짱 두둑한 아버지조차 긴장하게 되었다.

나카히라 씨의 할아버지는 산속에서 일본늑대가 어디선가 짖는 소리를 들었는데 그 소리를 들으면 함께 있던 개가 꼬리를 도르르 말고 겁에 질렸다고 한다.

*

"나도 무섭다고 느낀 일은 없지만 신기하다고 느꼈던 일은 있었지."

알고 지내던 주술사(退魔師)에게 갔을 때의 일이다. 방에 들어가자 주술사는 고개를 감싸고 뭔가에서 몸을 감추려고 행동한다. 그리고 계속해서 무섭다고 말하는 것이다.

"왜 그러느냐고 물어봤더니 나한테서 철포 탄환이 계속 날아와서 무섭다고 말하는 게 아니겠어? 그건 참 신기했지요. 내가 사냥을 하는 것을 몰랐으니까."

몸에서 항상 탄환이 튀어나온다면 나쁜 '모노'가 자칫 접근하는 일은 없을지도 모르겠다.

*

일본 각지에서 듣는 큰 뱀 이야기는 가와카미촌에서도 들을 수 있었다. 가시와기 마을에 사는 우라모토 세이이치 씨에 의하면 관공서 옆에 있는 사코(迫) 마을에서 공사를 하던 사람이 터무니없이 큰 뱀을 발견했다. 그는 덤프트럭으로 재료를 현장에 운반하고 있었는데 두꺼운 통나무가 임도를 가로막고 있었다.

"뭐야, 이거, 가는데 방해가 되잖아."

그는 덤프트럭에서 내려 통나무를 어떻게 해보려고 했는데, 맙소사, 그것은 통나무가 아니었다! 쭉 뻗어있는 뱀의 거대함에 경악한 나머지, 그대로 줄행랑을 쳤다고 한다.

*

다카하라 마을의 나카쓰지 미에코 씨는 길을 가다 죽은 뱀을 발견해 두 손 모아 합장한 적이 있다. 가엾게 여겨졌기 때문이다.

"이런 곳에서 죽다니, 가엾어라. 성불하시게나."

그 자리를 떠나자 근처에 있는 젊은 여성(친척)이 말을 걸어왔다.

"숙모님, 잠깐 기다리세요!"

그녀는 나카쓰지 씨의 뒤로 돌아가더니 등에 손을 대고 반야심경을 외기 시작했다. 영문을 모른 채 시간이 흐른다. 잠시 뒤 불경을 외우길 멈추고 그녀가 충고했다.

"숙모님에게 뱀이 들렸었어요. 너무 해괴한 것에 정을 주면 안돼요."

"죽어 있어서 가엾게 여긴 것뿐인걸."

"뱀은 사람에게 들린다니까요. 조심하는 게 나아요."

나카쓰지 씨는 이후 죽은 뱀을 무시하기로 했다.

도쓰카와촌

　일본에서 가장 큰 촌인 도쓰카와촌(十津川村)에는 '오미네오쿠가케미치(大峯奧駈道)'와 구마노 순례길(구마노에 위치한 3개의 주요 신사로 이어지는 세계문화유산으로 구마노고도[熊野古道]라고도 일컬어짐. 고헤치를 포함해 총 6개의 루트가 있는 '신불습합'의 영지-역주) 고헤치 등 두 가지 산악길이 있다. 이곳을 사냥터로 삼고 있는 오나카 히로아키(尾中宏彰) 씨의 이야기다.

　"산 속 작업 현장에서 친구가 사고로 죽을 뻔한 적이 있었어요. 그곳은 이런저런 사고가 잦아 그 다음에도 바로 화재가 일어나기도 했지요. 도저히 안 되겠다 싶어 주술사(퇴마사)에게 찾아갔지요."

　그러나 주술사는 이야기를 듣자마자 자길 거기로 데리고 가라고 이야기할 뿐, 다른 이야기를 듣지 않는다. 그래서 현장에 데리고 가기로 했는데…….

　"데리고 갔더니 갑자기 난리를 치면서 고함을 지르더라고요."

　어두침침한 산속에서 미친 사람처럼 절규하기 시작한 주술사를 보니 정말 소름이 끼쳤다. 어이없이 보고 있는데, 이번엔 주술사가 느닷없이 반야심경을 외우기 시작했다.

　얼마나 시간이 흘렀을까. 가까스로 진정된 주술사의 이야기를 들어보니 다음과 같은 이야기였다.

　"이곳은 원래 마을과 마을 사이를 잇는 산길이었거든요. 그리고 아주 오래전, 수행자가 여길 지나가다가 죽었다고 해요. 그 혼령이 내려와서 이렇게 되었다고 하더라고요."

주술사에게 수행자의 혼령이 내려왔다니, 그야말로 신불습합적인 이야기다.

*

"너구리는 산속에서 곧잘 사람을 부르곤 하지요."

오나카 씨와 마찬가지로 베테랑 엽사인 노리모토 다카시(則本隆) 씨의 이야기다.

"산에서 일하다가 점심 때 밥을 먹으려고 오두막에 돌아가잖아요? 그러면 누군가가 '이봐, 이봐, 이보라고!' 하면서 부르지 않겠어요? 누가 있나 싶어서 밖을 내다봐도 아무도 없고요. 그러다 어느새 비가 오는 소리가 들리는 거예요. 지붕에서 비가 내리치는 소리가 들리지요."

물론 바깥은 끝내주는 날씨에 비가 내릴 기미라곤 전혀 보이지 않았다.

*

노리모토 씨는 별로 두려움을 느껴본 적이 없다고 하는데, 고등학생인 손자는 뭔가가 보이는 체질인 모양이다.

"마을 안 여기저기에서 공사를 하는데 그중 한군데는 있다더군요. 경비원이 밤에 경비를 서지 않고 도망가 버리는 사람도 있고요. 손자에게는 그것이 보이는 모양이어서 몇 번이나 그곳에 자전거를 내팽개치고 도망쳐 왔답니다. 나한테는 그런 일이 전혀 없었지만."

본인에게는 신기한 일이 없었다지만, 절대로 잡을 수 없는 멧돼지는 있었다고 한다.

"그 멧돼지는 진짜 신기했어요. 그렇게 큰 멧돼지는 참 드문데. 개가 쫓지도 않아요. 비글 계통의 개가 있는데, 그 한 마리만 멧돼지한테 가더군요. 총도 안 맞아요. 명중시킬 수 있는 거리인데 쏴도 도무지 맞질 않지요. 쫓아가는 경우도 있잖아요? 쫓기면 내 쪽을 물끄러미 바라본다니까요. 그리고 쏴도 맞지도 않고."

이와 비슷한 이야기는 각지에서 들었다. 이것이 만약 호수나 늪이라면 그곳의 지배자라는 이야기가 될까? 산에 사는 짐승은 신이 깃든 존재로 느껴지는 모양이다.

불교 수행자의 세계

　세계유산인 '오미네오쿠가케미치(大峯奥駈道)'는 요시노에서 구마노본궁(熊野本宮)까지 이어지는 150km의 산악 루트다. 발이 빠른 사람이라면 3박 4일이면 거뜬히 돌파하는 모양인데, 일반적으로는 1주일 정도 시간을 투여하는 편이 무난하다. 원래는 슈겐도(修験道)의 순례길이기 때문에 상당히 험한 길이다. 쇠사슬을 타고 올라가야 하는 어려운 지점도 많고 먹을 물을 거의 확보할 수 없는 지역도 있다. 그곳을 수행의 장으로 삼고 있는 수행자 다나카 가쿠료(田中岳良) 씨에게 이야기를 들어보았다.

　"젠키(前鬼, 요시노의 시모키타야마촌[下北山村]을 가리킴-역주)에 있는 오나카보(小仲坊, '오미네오쿠가케미치'의 29번째 슈겐도 행방이자 숙박소-역주)에 머물렀을 때였어요. 그곳은 미닫이문을 사이에 두고 바깥과 이어지는 툇마루가 있고 그 건너편은 산이거든요."

　'오나카보'는 시모키타야마촌에 있는 다이니치다케(大日岳) 근방의, 이른바 '젠키'에 위치한 숙소다. 함께 한 사람들은 오전 3시에 일어나는 생활에 익숙해 일찍 자는 습관이 몸에 배어 있다. 그런데 다나카 씨는 이유 없이 한밤중에 눈이 떠졌다. 캄캄한 가운데 눈을 뜨자 뭔가가 보였다. 그것은 미닫이문에 비친 뿌연 빛이었다.

　"라이트 같은 것과도 달랐어요. 뭔가 멍한 빛이었는데 그것이 방 주변에서 움직이고 있었어요. 아주 높게요. 위치가 너무 높았어요. 누가 봐도 인간의 높이가 아니었어요."

옆에서 자고 있던 젊은 수행자도 비슷한 빛을 보았다.

"저건, 사람치고는 키가 너무 크지 않나?"

"그러게요. 사람이 아니네요."

두 사람은 방 주위를 움직이는 수수께끼의 빛을 한동안 바라보고 있었다. 이것은 10년 정도 전에 일어난 일이다.

*

다나카 씨는 절 관계자로 어린 시절부터 슈겐도와 친숙하다. 여름방학에는 산에 올라오는 많은 사람들 때문에 일을 도와주러 동원된 경험도 있다. 젊은 시절부터 선도자로 많은 신자들을 이끌고 수행장을 돌던 베테랑이다.

"갑자기 어디가 어딘지 길을 잃어버린 적은 있습니다. 내가 안내하고 있을 때 발을 다친 사람이 있었거든요. 제대로 걷지도 못해서, 몇 사람인가 앞서 가게 하고 천천히 산에서 내려가고 있었어요."

평소라면 저녁 무렵에는 숙소에 도착할 예정이다. 그러나 급히 걸을 수 없는 상태에서 주변은 캄캄절벽이었다. 시계를 보니 오후 9시가 가까워지고 있었다. 다나카 씨 일행은 다리를 다친 사람을 옆에서 부축하며 신중하게 산길을 내려간다. 그러자 갑자기 길이 사라졌다.

"절벽이었어요. 눈앞이 절벽이라 내려갈 수 없게 된 거지요."

정말 이상했다. 걸으면서 나무들 가지에 붙은 빨간 야광테이프를 몇 번이나 확인했다. 기본적으로 길을 잃을 만한 곳도 아니었다.

"이상하다고 생각해 조금 뒤로 돌아가 보았지요. 어느 사이엔가 길에서 벗어나 산속으로 들어가 있었던 거예요. 참 이상했지요. 모두 함께 형광테이프를 보면서 걷고 있었거든요. 심지어 중간에 위험방지용 로프가 쳐져 있었어요. 거길 기어들어가 절벽이 있는 곳까지 갔던 거지요."

*

다나카 씨는 대낮에도 신기한 공간에 들어간 적이 있다.

"구마노고도(熊野古道)의 시슨이와산(四寸岩山)에서 근행한 이후였습니다. 체중이 100kg이 넘는 사람이 아주 힘들어했지요. 그래서 그 사람과 나를 포함해 세 사람이 나중에 가기로 했어요.

아시즈리(足摺) 숙소를 목표로 나아가는 선발대를 위에서 전송했는데…….

"어라? 이상하네? 그 길이 아니야."

길이 갈라지는 곳에서 선발대는 오른쪽으로 가다가 그대로 숲 속으로 사라졌다. 다나카 씨가 생각하는 루트와 다르지만, 그다지 신경 쓰지 않은 채 천천히 내려간다. 그리고 조금 전 길이 갈라진 곳에 다다르자 주저하지 않고 왼쪽 루트로 나아갔다.

"거기에서 15분만 걸으면 보통은 도착하거든요. 그런데 아무리 시간이 지나도 산속을 걷고 있더라고요. 이상하다고 생각하면서도

1시간 이상 걷고 있었어요."

아무리 100kg이 넘는 사람과 걷는다 해도 시간이 너무 걸린다. 도대체 무슨 일인가 싶어서 끙끙거리고 있는데, 뒤에 있던 사람이 말했다.

"가쿠료 씨, 여긴 아까 지나쳤던 나무가 아닙니까?"

그러고 보니 분명 본 기억이 나는 나무였다. 아니, 주변 경치도 몇 번이나 본 것이 확실하다. 아무래도 같은 곳을 뱅글뱅글 돌고 있었던 모양이다.

"거기에서부터 주위가 세피아(sepia, 다갈색-역주) 색으로 보이기 시작하더라고요. 아래쪽에 누군가 앉아 담배를 피우는 것이 보였어요. 그 사람이 '늦었군' 하면서 말을 걸어오더니 순식간에 원래 세계로 돌아왔어요."

말을 걸어준 사람은 선발대 사람이었다. 다나카 씨 일행은 바로 옆에서 링반데룽(Ringwanderung, 등산을 하는 사람이 방향감각을 잃고 같은 지점을 계속 맴도는 등산 조난용어-역주)에 빠졌던 거예요. 역시 길이 갈라지던 지점에서 잘못된 선택을 했는지 확인하자…….

"아니요? 길이 갈라지는 곳은 없었는데요? 거긴 길이 애당초 하나밖에 없어서 쭉 뻗어 있었는데?"

익숙한 길에서 백주대낮에 발을 들여놓은 것은 도대체 어느 산이었던 것일까.

차크라가 만개한 사람

 다나카 씨는 안내자 역할을 하며 산에 올라갔을 때, 본인이 미끄러져 떨어진 적이 있다. 쇠사슬을 타야 올라갈 수 있는 험준한 곳에서 동행자가 하마터면 떨어질 뻔하다가 떨어지지 않고 허공에 떠있을 때의 일이다. 도와주려고 내려갔던 다나카 씨가 마치 그를 대신하는 것처럼 본인이 떨어져버렸다. 바위로 가득한 곳에 배부터 떨어진 다나카 씨는 꼼짝달싹하지 못하게 되었다. 그래서 다른 수행자에게 안내자 역할을 맡기고 자력으로 숙소까지 돌아왔다.

 "내장파열까지는 아니라고 생각했지만 부상이 상당히 심해서 일단 잠을 청했습니다. 그랬더니 동료 중 젊은 사람이 왔지요. 방에 들어오자마자 하는 말이, '괜찮습니까? 뱃속에 피가 가득하지 않습니까?'라는 것이었어요."

 전혀 괜찮지 않다는 것은 다나카 씨 본인도 익히 알고 있지만, 그 수행자의 말처럼 뱃속에 피가 넘치고 있다고는 생각되지 않았다.

 다음날 가까스로 병원에 도착한 다나카 씨는 당장 입원하게 된다. 초음파검사 결과, 젊은 수행자의 말처럼 뱃속에 피가 넘치고 있었기 때문이다.

 "그 사람이 손을 대고 진찰했나요? 아니면 그냥 보기만 하고서도?"

 "아니요, 아무것도 하지 않았어요. 방에 들어와 이불에서 자고 있는 나를 만났을 뿐이었지요. 그 사람은 차크라가 만개했다고 표현해야 할지, 하여튼 온갖 것을 그냥 알아요. 어린 시절에는 어머니와 근처 가게에 물건을 사러 갔다가 갑자기 울음을 터뜨리더니 '여기가 타고 있어요~'라고 말했대요. 그 다음날 그 가게에 화재가 났다더 군요. 옛날부터 그런 것을 알았어요."

*

　수행자에게는 신비한 힘이 깃들어 있다. 그것은 가지기도(加持祈 禱, 밀교에서 병이나 재난을 면하기 위해 신불에게 드리는 기도-역주)에서 여러 가지를 행하는 이른바 초능력이며, 그것을 얻기 위해 가혹한 수행 을 통해 스스로를 단련시킨다. 그러나 개중에는 태어날 때부터 그 런 종류의 힘을 가진 사람이 있으며, 수행을 통해 그 능력을 갈고 닦 는다. 나는 무엇을 하든 차크라가 견고히 닫혀 있을 뿐만 아니라 애 당초 차크라 자체가 없는 것 같다. 그것도 편하긴 편하지만…….

회봉행

　회봉행(回峰行, 산학종교를 실천하기 위해 산속에 약 300곳의 성지를 예배하며 도는 수행-역주)은 수행자에게 가장 가혹한 수행이다. 그중에서도 천일회봉행(千日回峰行, 불경을 암송하며 7년에 걸쳐 1000일 동안 히에이산[比叡山] 일대를 걷는 수행-역주)은 실패하면 자결하기 위해 미리 채비할 때 단도까지 지참했다고 한다. 죽을 각오로 임하는 수행이다. 다나카 씨의 지인이 오미네산(大峯山)에서 회봉행에 임할 때, 신기한 일이 있었던 모양이다.

　"매일 48km의 산속을 걸어야 하는데 차츰 끝이 보이면서 여러 가지 것들이 나타나기 시작했다고 해요. 달성을 방해하려는 것이겠지요."

　수행도 종반에 다다른 어느 날의 일이다. 한밤중인 2시가 지날 무렵이면 숙소를 나와 혹독한 하루가 시작되는데, 그것도 조금만 있으면 끝나갈 무렵이었다. 그는 평소처럼 노텐오카미(脳天大神, 요시노에 있는 신사-역주)를 나와 산으로 들어갔다. 칠흑 같은 산속을 오로지 걸어가고 있는데 갑자기 누군가가 그를 불러 세웠다.

　"이봐, 이봐!"

　흠칫 놀라 걸음을 멈췄지만, 애당초 눈앞엔 아무것도 보이지 않는 어둠이 펼쳐져 있을 뿐이다. 잠시 눈앞을 골똘히 응시해보지만 아무것도 보이지 않았다. 조금 더 나아가자……

　"이봐, 이봐!"

다시 불러 세웠다. 아까보다 상당히 가깝게 느껴진다. 그는 신중하게 목소리가 들린 쪽으로 작은 라이트 불빛을 비춰보고, 놀라 숨을 멈췄다. 거기에는 갑옷을 착용한 무사가 서 있다. 심지어 전신에 화살을 잔뜩 맞아 마치 고슴도치 같다. 그리고…….

"머리가 없었다고 해요. 그래도 '이봐, 이봐!'라고 부르기 때문에 주위를 둘러보았더니, 바로 옆 바위 위에 머리가 놓여 있었대요."

깜짝 놀라 황망하게 현장에서 도망쳤다. 훗날 이 이야기를 들은 다나카 씨의 아버님은 신기해했다.

"그곳은 예로부터 지옥계곡이라고 불렸어요. 남북조 동란 때 전쟁이 벌어진 곳이라 사람이 엄청나게 죽어서 계곡물까지 새빨개진 장소였어요. 현지 사람들이라면 다 알고 있는데, 그 사람은 나가노 현 사람이라서 그걸 몰랐지요."

'그곳에서 누가 자살을 했대', '거기서는 사고로 사람이 죽었대', 그런 사연이 예비지식이 되어 머릿속에 박혀 있으면 시들어빠진 풀조차 유령으로 보일 것이다. 그러나 이 사람은 그런 사실을 전혀 모른 채, 그런 무서운 일을 당했던 것이다.

*

'오미네오쿠가케미치(大峯奧駈道)'의 남측은 메이지 시대에 들어와 슈겐도가 금지당한 탓에 황폐해져 버렸고 일부는 산으로 되돌아갔다. 그것을 정비해 세계유산등록을 추진했던 경위가 있다.

"백 년 이상 내팽개쳐진 상태였어요. 그곳의 풀을 깎고 무너진 곳의 보수작업을 했지요. 어느 날 아침부터 계속 작업을 하고 '고줏초자야(五十丁茶屋)'에서 잠깐 한숨 돌리고 있었지요. 그랬더니 '찰랑 찰랑' 하는 방울소리가 들리기 시작했어요."

이 방울은 지령(持鈴)이라는 이름의 법구로 손에 들거나 허리춤에 채우기 때문에 걸을 때 소리가 난다. 지령 소리가 나는 쪽으로 다나카 씨가 고개를 돌리자 조금 떨어진 곳에 5, 6명의 모습이 보였다. 모두 흰옷 차림의 수행자들이다.

"세상에, 그런 곳에서도 걷는 사람이 있더군요!"

그러나 다음 순간, 바로 이상하다는 사실을 알아차렸다.

"그곳은 고도(古道)지만 아직 정비가 되어 있지 않았어요. 완전히 산으로 되돌아간 곳이었지요. 도저히 사람들이 들어올 수 있는 상태가 아니었어요. 아차, 싶었지요. 보면 안 될 것을 보고야 말았다는 생각도 들었어요."

길이 없어도 과거의 수행자들은 계속 걸어가고 있는 것일까.

조난자가 본 '모노'

오미네산(大峯山) 부근은 고도가 그다지 높지는 않지만 급경사면이 이어져 조난사고가 많은 곳이다. 특히 덴카와촌(天川村)에서 남쪽으로 펼쳐진 산악 지대엔 아직까지 발견되지 않은 조난자가 여러명 있다. 현지 사람들 말로는 떨어졌을 때 혹시라도 덤불에 들어가버리면 일단 발견 자체가 불가능하다고 한다. 산에 들어간 채 돌아오지 않는 사람이 많은 것도 오미네산 부근의 특징 중 하나다.

실은 나라현에 있는 산속을 취재했을 때 한 명의 조난자가 산속을 방황하고 있었다. 그는 10월 8일 덴카와촌의 등산구로 들어가 미센(弥山)의 오두막에 머물렀을 때까지는 동선이 파악되었다. 그러나 그 다음부터는 행방불명 상태여서 수색대가 산속 여기저기를 탐색하고 있었다. 때마침 나와 같은 민박집에 묵었던 사람이 조난자의 사모님과 동료인 분이었다. 그 시점에서 열흘이 지난 상태라 수색은 종료되었다. 사모님과 동료는 이미 포기를 하셨는지, 의외로 연연해하지 않는 느낌이었다.

"아직 자녀분이 대학생인데, 가엾게도."

민박집 여주인(女将, 오카미)이나 담당 공무원들은 모두들 슬픈 표정을 지었다. 아침저녁으로 기온이 급격히 떨어지는 이런 계절에, 얼마 안 되는 식량만으로 버티며 열흘 이상 살아 있을 리 만무했다. 밝게 행동하려고 애쓰는 사모님 얼굴을 떠올리면서 덴카와촌을 뒤로 했다.

그런데, 세상에, 그는 살아 있었다.

내가 덴카와촌을 떠난 지 이틀 후, 등산로에서 발견되었다. 부상 당하긴 했지만 생각보다 많이 쇠약해진 상태는 아니었고 목숨에도 지장은 없었다. 그는 다른 행방불명자와 마찬가지로 등산로에서 미끄러지는 바람에 꼼짝도 못 하게 된 모양이었다. 단, 거기 있으면 구조 받을 수 없다고 생각해 필사적으로 등산로까지 기어 올라온 덕분에 발견될 수 있었다. 13일간이나 산속에서 움직이지 못한 채, 그는 도대체 무엇을 보고, 무엇을 듣고, 무엇을 느꼈을까.

*

수년 전, 2박 3일의 일정 중 행방불명이 된 사람이 있다. 그도 덴카와촌에서 산으로 올라가 미센의 오두막을 거쳐 젠키(前鬼, 요시노의 시모키타야마촌[下北山村]-역주)까지 걸어가는 일정이었다. 그러나 2일째 일정의 해질 무렵, 비가 내리는 와중에 미끄러져버린다. 그로부터 6일간의 고난이 시작되었다. 미끄러져 떨어진 다음 몇 번인가 구르거나 미끄러지기를 반복하다가 지도와 안경, 종당엔 배낭(이유는 잘 모르겠지만 이것은 스스로 산에 내던져버린다)까지 잃어버린다. 발견 당시엔 구두와 양말까지 신고 있지 않은 상태였다.

그동안 실로 다양한 '모노'가 그의 주위에 나타났다. 조난당한 다음날에는 지붕 위에서 흰옷 차림의 남성들을 보았다. 있을 리 없는 산속 오두막을 보고 기뻐한 적도 있다. 혹은 전화박스가 3대 나란히 있는 것을 발견해 집으로 연락하려고 그쪽으로 향하지만 발이 도무지 움직이지 않았던 적도 있다. 이렇게 터무니없는 일들이 이어진다. 평지로 나와 걷기 시작하자 안내판이 있었다. 그곳에서 행자당(行者堂, 슈겐도의 개조를 모신 사당 혹은 수행자들이 머무는 곳-역주)의 위치를 확인해 그쪽으로 향하자, 훌륭한 누문이 있고 신자들이 모여 있는 곳도 나온다. 커다란 사원은 라이트가 켜져 눈이 부실 정도다. 그러나 아무도 도와주지 않는다. 밝아져서 걷기 시작하자 버스정류장이 나타나기도 하고, 걸어가도 다다를 수 없는 전화박스가 보이기도 한다. 상공에는 수색 헬리콥터가 자신의 이름을 부르면서 선회하고 있는데 도대체 자신을 발견해주지 않는다. 이외에도 다양한 사건들이 있었으며, 빈사 상태로 간신히 산에서 탈출할 수 있었다.

훗날 그는 이런 사건들을 '환각'이라고 하면서도, 통상적 의식 하에서 인식된 것들과 차이점은 느껴지지 않았다고 언급하고 있다. 이 건은 자신을 생사의 갈림길까지 내몰아 미지의 힘을 얻으려고 했던 수행자들의 수행과 비슷하다고 여겨진다. '천일회봉행'의 당들이(堂入り, 천일회봉행의 6년 차에 치루는 혹독한 수련-역주)에서는 목숨이 다하는 직전까지 스스로를 극한으로 내모는데, 그 와중엔 다양한 '모노'가 나타난다고 한다. 석가가 깨우침을 얻기 전, 온갖 유혹에 에워싸이는 모습을 보여준 호류사(法隆寺, 호류지) 오중탑 안의 조각을 연상시킨다. 물론 깨달음을 얻기 위한 행위와 조난은 근본적으로 전혀 다르기 때문에 비교하면 안 될지도 모른다.

조난자가 과연 무엇을 보았을지, 궁금하기는 하다.

III 숲의 포효

경트럭의 매복

주고쿠(中国, 오카야마현을 비롯한 다섯 개의 현을 포함한 혼슈 서부 지방-역주)의 산지지대인 오카야마현(岡山県) 가가미노정(鏡野町)의 오쿠쓰(奥津) 마을에서 온천 민박집을 경영하는 가타다 미쓰노리(片田充則) 씨의 이야기다. 가타다 씨는 본가의 민박집을 이어받으면서 엽사 생활을 시작한 젊은 엽사다. 비글견을 데리고 토끼사냥을 하거나 현지 베테랑들과 집단 사냥을 하면서 주고쿠 산지를 종횡무진하고 있다.

소장파 엽사의 희망인 가타다 씨가 홀로 산나물을 캐러 갔을 때의 일이다. 계곡을 따라 이동하면서 산나물을 캐고 있는데 묘한 일이 일어났다.

"항상 산나물을 캐던 곳이었거든요? 그런데, 어라? 여기가 어디였더라? 잉? 맙소사, 계속해서 신기한 감각에 빠져버려서……꿈인지 생시인지 도무지 알 수 없는 감각이었어요."

깊은 산속도 아니고 마을에 가까운 익숙한 곳인데도 경치가 평소와 확연히 다르게 보였다. 희한한 일이라고 생각하며 집으로 돌아가는 길을 찾아보았는데, 도무지 알 수가 없다.

"아무리 주변을 둘러보아도 계곡에서 어디로 올라가야 할지 모르겠더라고요. 여기저기 다니면서 한참을 찾아보았는데 도저히 계곡에서 빠져나갈 길이 없었어요."

주변 풍경은 더더욱 이상해져간다. 과거 어딘가에서 본 것 같은 느낌은 드는데, 그것이 현실인지 꿈인지 구별이 가지 않는다. 한참을 몽유병자처럼 숲을 방황했다가, 언뜻 정신을 차리고 보니 익숙한 임도 옆에 서 있었다. 어느새 그 신기한 공간에서 탈출했던 모양이다. 그러나 본인이 어떻게 나올 수 있었는지, 전혀 기억나지 않는다.

*

현재는 황폐해져 버렸지만 오쿠쓰 마을에는 다수의 영지가 있었다. 거기에서는 슈겐도(修驗道)를 신봉하는 사람들이 깊숙한 곳에 틀어박혀 영력을 익히고자 수행하고 있었다. 오쿠쓰 마을에서 북쪽으로 직선거리 고작 20km 정도에 있는 것이 미토쿠산(三德山, 돗토리현[鳥取県]에 있는 산으로 슈겐도의 영지로 알려짐-역주)의 산부쓰사(三佛寺, 산부쓰지)다. 이곳에 있는 국보급 건축물로 명성이 자자한 '나게이레도(投入堂)'는 엔노 오즈누가 법력으로 지었다고 전해지고 있다. 일대의 산악지대가 예로부터 슈겐도의 장이었다는 핵심 증거이기도 하다.

"이 주변 산에는 사당 터가 아주 많이 있습니다. 얼마 전까지는 때때로 수행하러 오는 사람도 있었던 모양인데 지금은 아무도 가지 않아요. 터가 있던 곳에 다가가면 소름이 오싹 끼치거든요. 딱히 무엇이 있다는 건 아니지만, 그곳은 안돼요, 너무 섬뜩해서."

가타다 씨가 최초로 소름이 끼쳤을 때는 그곳이 사당 터였다는 사실을 미처 몰랐을 때다. 뭔가 묘한 느낌이 들었기에 불길한 장소라고 짐작해 선배 엽사에게 물어봤을 뿐이다. 답변을 듣고 나서야 비로소 사당이 있었던 터였다는 사실을 알게 되었다.

*

　가타다 씨는 버섯을 채취할 때도 신기한 경험을 한다. 어느 가을 날 깊은 산속을 향했을 때의 일이었다. 서로 스쳐지나가지도 못할 정도로 좁은 임도를 달리고 있는데, 대피소에 한 대의 경트럭이 세워져 있었다.

　"먼저 올라간 사람이 있나?"

　먼저 누군가가 올라갔다면 장소를 바꿔야 한다. 도대체 누구일까 싶어서 경트럭을 살펴보니, 처음 보는 차다. 이 근처까지 올라오는 경트럭은 대부분 오쿠쓰 마을에 사는 사람들의 것이다. 그런데 거기에 주차되어 있는 차는 타 지역 번호를 달고 있었고, 당연히 낯선 경트럭이었다.

　"어쩔 도리가 없네. 좀 더 위까지 갈까?"

　낯선 경트럭에 대해서는 신경을 끄고 더 높은 곳까지 올라간다. 꾸불꾸불 구부러진 도로를 따라 올라가자 이번에도 대피소에 경트럭이 세워져 있었다.

　"어라? 여기도 누가 올라와 있나?"

　주차된 경트럭의 옆을 빠져나가려고 하다가, 가타다 씨는 경악했다.

　"맙소사! 이건 아까 그 경트럭이잖아?"

　10분 정도 전에 찬찬히 살펴봤던 경트럭과 아주 흡사……아니, 차량번호까지 완전히 같은 차가 아닌가. 이런 말도 안 되는 경우가 다

있나! 임도는 산을 빙그르르 돌고 있기 때문에 짧은 시간에 이렇게 다른 차를 추월하는 것은 불가능하다.

"아니, 아니, 그럴 리 없어."

가타다 씨는 애써 스스로를 달래며 더 높은 곳으로 올라갔다. 그리고 숨 막히는 광경과 만나게 된다.

"세상에나, 그 경트럭이 또 있더라고요! 대피소에 세워져 있는 거예요. 같은 차량번호를 가진 경트럭이."

이쯤 되자 버섯을 딸 상황이 아니었다. 여하튼 그 경트럭에 관해서는 절대로 떠올리지 않으려고 애쓰면서 한달음에 마을까지 도망쳐왔다.

훗날 그 이야기를 선배 엽사에게 하자, 그는 이렇게 말했다.

"아, 그런 거라면 있을 수 있을지도 모르겠군."

역시 그것은 자신이 잘못 본 게 아니었다고, 가타다 씨는 묘하게도 안심할 수 있었다.

가서는 안 된다

가타다 씨의 선배 엽사인 오다 노보루(小田登) 씨가 자란 집은 산 속에 있는 외딴 단독주택이었다. 오쿠쓰 마을 자체에 전기가 비교적 늦게 들어왔는데, 특히 오다 씨의 집은 마을에서 멀리 떨어져 있었던 탓에 중학교에 가서야 전등을 켤 수 있게 되었다. 캄캄절벽 속에서 어린 시절을 보냈던 오다 씨의 이야기다.

"그 무렵 살았던 집은 산속에 덩그러니 한 채만 있었어요. 집 앞에서 소를 기르고 있었는데, 가끔 소들이 부서진 울타리 사이로 빠져 나가 밖으로 도망가기도 했어요. 그런 소는 항상 산을 넘은 곳에 있는 마을로 놀러 갔지요."

당시는 전기가 들어오지 않을 정도로 열악했기 때문에 당연히 전화도 없었다. 소에 관한 소식은 산 저편에 사는 마을 사람들이 일부러 걸어와서 알려주었다고 한다.

"당신네 소가 또 도망을 쳤다면서 빨리 데리러 오라는 거예요. 그래서 어머니와 둘이서 옆 마을까지 소를 찾으러 가곤 했어요."

해가 떨어져 어두워진 산길을 어머니와 둘이서 걸어간다. 앞서 가는 오다 씨의 손에는 아무것도 없다. 회중전등은커녕 제등마저 들지 않은 채 캄캄한 암흑 속을 걷는다. 이런 것이 당시엔 보통이었다.

"내가 앞서 걸으면 그 뒤로 어머니가 따라왔어요. 그런데 문득 뒤를 돌아보니, 엄마가 없는 거예요."

칠흑 같은 어둠에 휩싸인 산속에서 갑자기 오다 소년은 혼자가 되어버렸다. 너무 놀란 나머지 무슨 일이 일어났는지 상황파악이 되지 않는다. 칠흑 같은 산이 당장이라도 자신을 집어삼킬 것만 같아서 무서웠다.

"얼마나 시간이 흘렀을까요. 갑자기 눈앞에 있던 덤불에서 불쑥 어머니가 튀어나왔어요. 진짜로 놀랐어요."

공포로 얼굴이 잔뜩 굳어 있던 오다 씨에게 어머니는 이렇게 말했다.

"부르는 소리가 들렸어."

아들의 뒤를 따라 캄캄한 산길을 걷고 있는데 '이쪽으로 오렴, 이쪽으로 오렴'이라며 숲속에서 자신을 부르는 소리가 들린다. 처음엔 잘못 들었나 싶었지만, 차츰 신경이 쓰여서 결국 숲속으로 들어갔다고 한다. 암흑 속에서 덤불을 헤치며 소리 나는 쪽으로 나아가는데, 전혀 그쪽으로 다가간다는 느낌이 들지 않는다. 너무나 신기한 소리에 어머니는 공포심을 느꼈다.

"안 되겠는걸. 이 소리를 따라 가다 큰일 나겠어. 아까 있던 곳으로 돌아가야 해."

목소리에서 벗어나려고 필사적으로 덤불을 헤치고 앞으로 나아간다. 그러자 이번엔 그 목소리가 뒤에서 쫓아오는 게 아닌가. 필사적으로 덤불을 뚫고 나가다 튀어나온 곳이 우연히 아들의 면전이었다. 어머니는 의문의 소리에서 용케 벗어났기 때문에 무사히 살아 돌아올 수 있었다. 만약 그대로 산속으로 계속 나아갔다면, 그곳에선 과연 무엇이 기다리고 있었을까.

사라진 친구

"우린 그런 이상한 체험은 한 적이 없네요. 한밤중에도 혼자 산에 올라가긴 하지만, 아무것도 느끼지 않으니까."

오다 씨와 사냥 동료 분들은 딱히 산에서 이상한 경험을 한 적이 없다고 한다.

"물론 산에서 길을 잃었다간 패닉에 빠질 거예요. 그게 가장 무서운 일이지요. 아무것도 아닌 것도 괴물로 보일 테니까."

평상심을 잃기 때문에 터무니없는 경우를 당하는 것이다. 그들은 이구동성으로 그렇게 말한다.

"하지만 행방불명이 된 사람이 이 근처엔 한 사람 있어요. 그 사건은 결국 발견되지 못하고 끝나 버려서."

무서운 일은 당해본 적이 없다는 그들이 수년 전에 일어난 의문의 실종사건에 관해 이야기해주었다.

깊은 산들로 에워싸인 오쿠쓰 지역 주변에는 유명한 폭포가 몇 개 있다. 그중에서 관광 명소인 어느 폭포에 여러 명의 남성들이 구경 갔을 때의 일이다. 주차장에서 폭포까지는 걸어서 10분도 안 걸린다. 단풍철에는 수많은 사람들로 붐비는 극히 평범한 관광지다. 남성들이 폭포에서 사진을 찍거나 차를 마시면서 느긋하게 시간을 보내고 있는데, 한 사람이 폭포를 등지면서 걷기 시작했다.

"난, 먼저 내려가 있을게."

그렇게 말하면서 주차장 쪽으로 걸어간다. 딱히 묘한 느낌도 없이 모두가 그의 등을 배웅했는데, 그것이 그의 마지막 모습이 되었다.

"그 사람이 주차장에 없어서 한동안 모두들 기다렸는데도 도대체 오질 않더라고요. 그래서 소동이 벌어져 소방단과 경찰들이 와서 찾아보았는데, 결국 발견이 되지 않았어요. 참 이상한 일이었지요. 샌들을 신고도 걸을 수 있는 길이었는데."

아이도 쉽게 걸을 수 있는 길이다. 샛길 하나 없이 쭉 뻗은 길이라 길을 잃을 리 만무하다. 하지만 그는 사라져 버렸다. 도대체 무슨 일이 있었는지, 아무도 모른다. 그러나 산에서 이런 일은 그리 드문 이야기는 아니다.

나는 이 이야기를 듣고 문득 앞에 나왔던 오다 씨의 이야기를 떠올렸다. 어쩌면 그도 자신을 부르는 소리를 들었을지도 모른다. 숲 속에서 들려오는 신기한 목소리를.

검은 산

오다 씨는 젊은 시절 산에서 빠져나올 수 없게 된 상황을 경험한 적이 있다. 오다 씨가 산에 올랐을 때는, 산에 불을 낸 직후여서 산의 살결이 새카만 상태였다. 남아 있는 것이라곤 까맣게 그을린 나무밑동뿐이어서 멀리까지 내다보이는 장소였다(산에 일부러 불을 내는 이유는 나무를 벌채한 후 불을 질러 작은 나무나 지면에 있는 풀들을 모조리 태워버린 후, 다음번에 심을 나무를 준비해놓는 작업 때문이다).

"슬슬 돌아가려던 참이었는데, 갑자기 어디가 어딘지 모르게 되었어요. 어라? 이상하다고 생각하고 주변을 살펴봐도 어디로 가야 좋을지 전혀 모르겠더라고요."

그래서 오다 씨는 문득 생각해본다. 불에 탄 이 산의 꼭대기까지 가면 주위가 잘 보여서 돌아가는 길이 생각날지도 모른다고. 허리춤에는 아버지에게 물려받은 총검을 수렵용 단도 대신 차고 있었다. 그것을 빼내 검은 경사면에 찔러 넣은 다음 그것으로 지탱하면서 급경사면을 똑바로 올라갔다.

"땀을 뻘뻘 흘리면서 꼭대기까지 올라가 고개를 들었더니 또 눈앞에 불타버린 산이 있는 거였어요. 어라? 또 있나? 여길 올라가면 이번엔 알겠지."

오다 씨는 다시 총검을 경사면에 찌르면서 정상을 향해 올라갔다. 그러자 다시 검은 산이 눈에 들어왔다. 세 번째는 진짜겠지 싶어서 이 산도 끝까지 오르자……

"불탄 산이 또 있는 게 아니겠어요, 눈앞에?"

해도 해도 이건 너무 이상하다 싶었다. 그렇게 검은 산이 이어질리 없다! 아니, 이어지고 있는 게 아니라, 혹시 같은 산은 아닐까? 스스로가 같은 산을 몇 번이나 오르고 있을 뿐일까? 오다 씨는 뚝뚝 떨어지는 땀방울이 갑자기 차가워지는 것을 느낄 수 있었다.

"거기에서 어떻게든 나가려고 필사적으로 여기저기를 걸어보았어요. 얼마나 걸었는지는 모르겠지만 문득 정신을 차려보니 아는 곳에 와 있었지요. 어떻게 그 산에서 나왔는지, 확실히 기억나지 않았어요."

이것은 백주대낮에 일어난 사건이다. 멀리까지 훤히 내다보이는 곳에서 길을 잃는 경우가 있다는 것이 신기할 따름이다. 그러나 애당초 그런 곳에 오다 씨는 도대체 왜 올라온 것일까? 버섯을 따러? 아니면 산나물을 따러? 오다 씨에게 물어보자…….

"세상에, 왜 그곳에 갔었는지조차 전혀 기억이 안 나더라고요. 대체 뭐 하러 갔더라? 하면서요."

한 사람에게만 들린다

산속에서 나는 '신기한 소리 이야기'는 아키타현 아니 지역에서도 자주 들었다. 마타기나 산에서 일하는 사람들이 산에 올라와 있으면 근처에서 나무 베는 소리가 들린다. 그러나 아무리 주위를 둘러봐도 작업하는 사람이 없다. 그냥 소리만 들린다. 현지에서는 이것을 너구리 소행이라고 부르고 있다. 이런 신기한 소리를 들은 경험이 있는지, 오쿠쓰 지역 엽사들에게 물어보았다.

"소리요? 아니, 그런 건 들어본 적이 없네요."

"너구리? 뭐라고요? 너구리가 그런 소리를 낸다고요? 으하하하!"

"너구리 얘긴 몰라요."

아무래도 이 주변에 짓궂은 장난을 치는 너구리가 없는 모양이라고 체념하려던 순간……

"하지만 사냥터에서 누군가가 말을 걸어온 적은 있어요. 산속에서 소리가 들린다고 하는 거."

"아, 맞아, 있었지. 그건 ○○ 아니었나? 무선으로 뭔가 두드리는 소리가 난다고 했는데."

수년 전 지역 엽사 동료 일곱 명이 엄동설한 가운데 산에 올랐을 때의 일이다. '미키리'(사냥감이 어디에 있는지 발자국을 보고 판단해 사냥감을 어느 지점으로 몰아갈지 장소를 결정하는 행위)를 끝마치고, '마치'(총을 쏘는 사람)가 배치된다. 다음은 몰이꾼이 개를 풀어 멧돼지를 효율적으로 쫓기 시작할 때까지 '마치'는 말 그대로 기다릴 뿐이다('마치'는 일본어로 '기다리기, 기다리는 사람'이라는 뜻임-역주). 조용한 시간이 흐르면서 긴장감이 점점 고조되어간다. 사냥터에는 평소와 마찬가지로 팽팽한 긴장감이 흐르고 있었다. 총을 겨눈 엽사들이 눈앞의 조용한 숲 속을 응시하고 있는데, 갑자기 무선이 들어왔다.

"이봐, 누구야? 거기 누가 있는 거야?"

'마치'의 역할을 맡아 총을 쏘려고 기다리던 사람들 중 한 사람의 목소리였다.

"뭐라고? 무슨 일이야?"

느닷없는 발신에 다른 멤버들은 깜짝 놀랐다.

"누가 두드리고 있잖아? 두드리는데?"

그가 말하는 의미를 아무도 이해하지 못했다. 잠시 침묵이 흐른 후, 개 짖는 소리가 들려왔다. 몰이꾼이 개를 풀어버렸기 때문에, 결국 그대로 사냥이 개시되어 가까스로 멧돼지를 처치했다. 점심 식사 전, 일단 모두가 집합하자 의문의 무선을 발했던 당사자가 내려왔다.

"뭐야, 그 무선은?"

"도대체 어떻게 된 거야?"

이구동성으로 그에게 물었다.

"내가 총을 겨누고 있는데 누군가가 뭔가를 두드리는 소리가 났거든. 개를 풀기 직전에 무슨 짓이냐고, 그러다 멧돼지들이 죄다 도망가겠다 싶어서."

"소리? 무슨 소리가 났다는 거야?"

"나무를 쇠방망이 같은 것으로 두드리는 느낌이었지. 큰 소리가 나면서."

동료들은 서로 얼굴을 쳐다본다. 아무도 그런 소리를 들은 사람이 없었기 때문이다. 바람 한 점 없는 조용한 산속에서 단 한 사람에게만 들렸던 의문의 소리. 필시 오쿠쓰 지역에도 짓궂은 장난을 치는 너구리가 있긴 있는 모양이다.

불길한 목소리

오카야마현 북부, 돗토리현과의 경계에 히루젠(蒜山) 고원이 위치한다. 이곳은 명산으로 알려진 다이센(大山, 해발 1,729m의 활화산으로 히루젠과 함께 국립공원을 이룬다-역주)을 바라보는 고원 리조트로 유명해서 여름철엔 수많은 관광객으로 붐비는 곳이다.

히루젠 고원은 여름엔 시원하고 겨울에는 혹독한 자연환경이다. 그러나 고대부터 마을이 형성되어 많은 사람들이 살아왔다. 그런 히루젠에서 오랜 세월 동안 농림업에 종사해온 쓰쓰이 스스무(筒井烝) 씨가 여우 이야기를 해주었다.

"옛날에 저녁 무렵까지 농사일을 했지요. 산 쪽에 있는 무밭에서 무를 수확하고 있었어요. 주위가 제법 어둑어둑해지고 있었는데 계속해서 출하를 해야 해서 무를 쌓고 있었더니, 바로 옆에서 기분 나쁜 해괴한 소리가 들렸어요."

그 기분 나쁜 소리를 재현해주셨는데, 어떻게 표기해야 좋을지 도무지 알 수 없는 이상한 음이다.

"'‥¥~% # 〈 〉≠ $ ∞√ ※ #'(표기불능)이라는 소리가 산속에서 들려왔어요. 그게 너무 불쾌해서요."

"그건 뭐죠?"

"여우지요. 사람들의 이야기를 잘 듣는 짐승이거든요. 그래서 사람의 이야기를 이해하게 되었겠지요. 낮에는 가까이까지 오지 않아요. 하지만 저녁 무렵이 되면 제 세상을 만나서 자기들의 천하라고 생각하지 않겠어요? 그래서 '너희 인간들은 이젠 돌아가!'라고 말하는 것이겠지요."

표기가 불능한 불길한 목소리를 내는 여우의 모습, 과연 확인했을까?

"여우를 보았느냐고요? 아니, 보지 못했어요. 어두워서 보이지 않으니까요. 하지만, 물론 그건 여우가 틀림없었어요."

*

쓰쓰이 씨는 숯을 굽기도 했다. 숯을 구울 때는 가마의 불을 줄이고 완전히 쪄서 굽는 작업이 있다. 이 작업은 종종 한밤중에 하게 되는 경우도 드물지 않았다.

"한밤중이라도 가마를 닫으러 가야 해요. 캄캄절벽이니 정말 기분이 그래요. 그럴 때도 여우가 '여긴 너희들이 올 곳이 아니야, 당장 나가'라면서 'く≠×♭##く늑$ㅕㅗ'(표기불능) 산속에서 짖는 거예요. 처음엔 영문을 몰라 무서웠어요. 여우라는 것을 알게 되면 아무렇지도 않겠지만요."

여우 모습을 봤는지, 집요하게 물었더니…….

"아니, 캄캄한 산속이니까요. 뭐가 보이겠어요? 아무것도 보이질 않아요. 하지만 그건 여우지요. 여우는 이렇게 사람을 놀라게 한다니까요. 놀란 바람에 실은 오른쪽으로 가야 할 곳을 왼쪽으로 가거나 하면서 헤매게 돼요. 그게 바로 여우에게 홀렸다는 게 아니겠어요?"

여우의 모습은 보이지 않지만 틀림없이 여우일 거라고 생각하는 이유, 좀처럼 이해가 되지 않는다. 쓰쓰이 씨의 할아버지 시대에는 좀 더 많은 여우 이야기가 있었다고 하는데, 지금은 거의 사라진 모양이었다.

"할아버지는 여우에게 홀렸던 이야기를 자주 하셨어요. 역시 그건, TV 때문이 아닐까요? TV가 나오고 나서 손자들도 할아버지의 그런 이야기를 더는 듣지 않게 되었다고 생각해요."

손금쟁이의 경고

히루젠에서, 명산이자 영험한 산이기도 한 다이센(大山)까지 통하는 가도(街道, 도시와 도시를 연결하는 큰 길-역주)를 '다이센미치(大山道, 다이센을 중심으로 사방으로 발달했던 고도[古道]의 총칭-역주)'라고 한다. 다이센미치에 과거 존재했던 역참지, 가야베(茅部) 마을에 사는 미무라 쓰요시(美村毅) 씨의 이야기다.

"나는 야생동물 사회에 호조회(互助會)가 있지 않을까 싶어요."

"호조회……라고요?"

"맞아요, 호조회."

전쟁 직후의 일이다. 미무라 씨는 동료들과 가까운 사냥터에서 토끼사냥을 하고 있었다. 기다렸다가 총을 쏘는 역할(마치)을 담당했던 미무라 씨는 꼼짝도 하지 않은 채, 토끼를 쫓는 비글견의 포효 소리를 기다린다. 토끼는 기본적으로 쫓기게 되면, 그야말로 토끼처럼 잽싸게 도망치는데, 반드시 원을 그리는 것처럼 움직인다. 무턱대고 도망치는 것이 아니라 어느 정도 일정한 범위 내를 움직인다는 소리다. 그것을 비글견이 뒤쫓는다. 요컨대 개 짖는 소리가 가까워지면 토끼가 곁에 와 있다는 증거이기도 했다.

"커다란 소나무 아래서 기다리고 있었지요. 점점 개 짖는 소리가 들리기 시작해 이제 곧 토끼가 나올 거라고 생각하고 있었는데, 까마귀가 느닷없이 지져대며 난리를 치는 거예요."

너무나 소란스러워서 위를 올려다보니 나무 위에서 엄청난 소리가 울려 퍼지고 있었다. 이러다간 토끼가 죄다 도망가 버릴 것이다.

"야단났다고 생각했어요. 차라리 이 녀석들을 쏴버릴까 하면서 총을 나무 위로 치켜들었지요."

소나무의 검은 가지와 잎사귀는 마치 그 자체가 살아 있는 것처럼 보였다. 거기에는 울부짖는 까마귀 모습은 어디에도 보이지 않는다. 그저 엄청난 울음소리만 주변에 메아리칠 뿐이었다.

"까마귀 녀석들이 대체 어디 있는가 싶어서 위를 올려다보고 있었는데, 문득 정신을 차려보니 토끼가 순간적으로 튀어나왔어요."

그 틈을 타고 순식간에 튀어나온 토끼는 눈 깜짝할 사이에 미무라 씨의 시야에서 사라졌다.

"산에 사는 동물들에게 호조회가 있어서, 그래서 까마귀가 토끼를 도와주었다고 생각했지요."

호조회인지 아닌지는 알 수 없으나, 어쩌면 이것은 쏴서는 안 될 사냥감이지 않았을까. 그것을 알려주기 위해 누군가가 소란을 피웠다고 내게는 생각되었다. 실제로 미무라 씨는 까마귀라고 말하고 있지만, 그 모습을 직접 확인하지는 못했다. 소나무 거목 위에서 '그것을 쏘면 안되느니라'라며 누군가가 충고를 한 것으로 느껴지는데…….

*

가야베 마을은 예로부터 역참지다. 오늘날에는 사람이나 차의 왕

래가 드물지만 이전엔 상점이 다수 존재했으며 상당히 시끌벅적했던 마을이었다. 그 무렵 미무라 씨는 신기한 '모노'를 만났다.

"내가 아직 젊은 시절이었지요. 일이 있어 마을과 마을 사이의 가도(街道)를 걷고 있었어요. 시간은 밤 11시를 넘었을 거예요, 아마."

제등도 들지 않은 채 어둠에 휩싸인 조용한 길을 걷고 있는데, 건너편에서 누군가가 이쪽으로 다가오는 기미가 느껴졌다.

"누구지? 이런 늦은 시간에."

어둠 속에서 다가오는 발걸음 소리에 의식을 집중하고 있는데…….

"앞에서 누군가가 다가오는 것은 알겠는데, 도대체 누군지는 모르겠는 거예요. 입고 있는 '기모노'만 보였지요. 아니, '기모노'의 문양밖에는 보이지 않았지요. 칠흑 같은 어둠 속에서 '기모노'의 문양이 둥둥 떠 있는 상태였지요."

먹물을 흘려놓은 것처럼 캄캄한 공간에서 '기모노'의 문양이 보인다. 그러나 정작 그 위에 있어야 할 얼굴은 전혀 보이지 않는다.

"기모노 문양만이라고요? 보이는 것이? 여자 것이었나요?"

빨간 꽃무늬라면 필시 여우의 소행일 거라고 생각하면서 물어보니,

"아니, 그렇지 않아요. 여자의 것이 아니었어요. 할아버지들이나 입을 것 같은 기모노였지요, 노인용 기모노. 지금 생각해보면 그것이 바로 '모노노케(일본의 고전이나 민간신앙에서 사람에게 씌어 고통을 주거나 죽음에 이르게 한다고 여겨지던 원령, 사령, 생령[이키료] 등을 가리킴-역주)'라

는 것이지 않았을까요."

그러나 '모노노케'는 어째서 할아버지의 기모노 문양만으로 모습을 드러낸 것일까? 참으로 신기할 노릇이다.

*

미무라 씨는 종전(終戰) 직전, 해군 특공대에 배치된 상태였다고 한다. 혹독한 훈련을 견뎌내면서 죽음을 맞이하기 위한 출발을 기다리던 청춘 시절이었다. 어느 날 외출했다가 거리에서 손금을 보는 사람에게 무심코 손을 내밀었다.

"그 손금쟁이가 내 손을 물끄러미 보면서 이렇게 말하는 것이었어요. '당신은 19살 때 생사가 달려 있는, 아주 큰일을 겪게 될 거야'라고요."

특공대에 소속되어 있었기 때문에 당연히 19살 때 출격하게 될 거라고 미무라 씨는 그 순간 생각했다. 사이가 좋았던 대원들이 조금씩, 확실히 출격을 시작하고 있다. 어차피 스무살 때까지는 살 수 없는 운명이라고 새삼 각오를 하고 있었다. 하지만 얼마 후 종전을 맞이하게 되었다. 살아남게 된 미무라 씨는 무사히 고향 히루젠으로 돌아왔다. 어느새 손금쟁이의 말도 까맣게 잊고 농사일로 바쁜 나날을 보내고 있었다.

그런 어느 날, 19세가 된 미무라 씨는 지역에 사는 동료들과 사냥하러 길을 나섰다. 평화를 되찾은 후, 오랜만에 나선 사냥이었다.

엽사들은 기대로 부푼 가슴을 안고 산으로 향했다. 당시 몰이꾼 역할을 담당했던 미무라 씨는 사냥감을 쫓아 경사면을 올라간다. 눈앞에 있는 그루터기에 손을 지탱해서 기어오르려던 순간, 강한 충격을 받았다.

"순간적으로 무슨 일이 벌어졌는지 알 수가 없었어요. 위에 있던 사람이 쐈던 거예요, 나를. 정말 아슬아슬했지요. 탄환이 그루터기를 맞추는 바람에 간신히 살았어요. 그때 그 손금쟁이가 말했던 것이 바로 이것이었다고 생각했지요. 19살이었거든요."

이리하여 19세의 위기를 극복한 미무라 씨는 87세가 된 지금도 현역 엽사로 사냥감을 쫓고 다닌다.

오로치루프

히로시마현(広島県) 쇼바라시(庄原市) 도조(東城) 지역에서 엽우회 회장을 맡고 있는 후쿠모토 다이지(福本大治) 씨의 이야기다.

"우리 할머니는 '쓰치노코(ツチノコ, 일본에 생식한다고 전해지는 미확인 생물 중 하나-역주)'를 봤다고 하셨어요. 밭에서 일하고 있었는데 눈앞에 나타나서 소스라치게 놀라 집으로 튀어왔다고 하셨지요."

후쿠모토 씨가 열 살 무렵의 이야기이기 때문에 당연히 쓰치노코라는 명칭은 아직 없었다. 세간에 '쓰치노코' 붐이 일어난 이후, 할머니는 '그게 바로 쓰치노코였던 거야'라고 읊어대기 시작했다.

"난 별로 믿지 않거든요. '히바곤'(ヒバゴン, 일본에 생식한다고 거론되고 있는 원숭이 형태의 미확인 동물 중 하나-역주)이라는 것도 누군가가 키(곡식 따위를 까불러 골라내는 도구-역주)를 뒤집어쓰고 다닌 탓이라고 생각해요. 겨울날 눈 위에 난 발자국이 없으니, 거짓말이라고 생각해요."

'히바곤' 역시 쇼바라시 사이조(西条) 지역에서 40년 정도 전, 한바탕 소동이 일어났던 수수께끼의 생물이다.

"산속을 걷다 보면 뒤에서 계속 발걸음소리가 따라오는 경우가 자주 있어요. 젊었을 땐 그게 뭔지 몰랐기 때문에 내가 확인해주겠노라고 생각했지요."

집요하게 뒤쫓는 발걸음소리에 인내심이 한계에 다다른 후쿠모토 씨는, 뒤를 돌아보는 순간 그대로 사냥개를 풀어버렸다. 만약 그게 동물의 소행이라면 틀림없이 개가 뒤쫓을 것이다. 그런데…….

"개가 아무런 반응을 하지 않았어요. 동물의 소행이 아니라는 이야기지요. 그래서 더 이상 의식하지 않기로 했어요. 발걸음소리가 들려도 뒤를 돌아보지 않고 아무 생각도 하지 않지요."

무서운 '모노'는 무시한다. 그것이 최선의 방책일지도 모른다.

*

쇼바라시에서 시마네현(島根県) 오쿠이즈모(奥出雲)로 향하는 고개를 넘으면 유명한 '오쿠이즈모 오로치루프'(奥出雲おろちループ, 명칭의 유래는 일본신화에 등장하는 전설의 생물 '야마타노오로치[八岐大蛇]'-역주)가 있다. 둥그런 '루프식 다리(루프교)'로는 일본에서 가장 규모가 큰 모양이다. 일본 최고로 알려지면 자연스럽게 관광객도 제법 오게 되는데, 자살자도 늘어난다.

"얼마 전 시마네현 쪽에서 돌아왔어요. 한밤중이었지요. 그랬더니 루프교 직전에서 경찰이 차를 세우는 게 아니겠어요. 바로 알았지요. 누가 떨어졌구나, 싶더라고요."

자살자는 다리의 가장 높은 곳에서 대부분 뛰어내린다. 그리고 정확히 바로 아래 있는 국도로 떨어진다. 그럴 때마다 통행이 번번이 금지되기 때문에 당하는 사람들로서는 난감하기 그지없다.

"아는 사람 말로는 유령을 몇 번이나 보았다더군요. 그래서 그곳을 지나칠 때는 오디오 볼륨을 최대한 높여 일체 곁눈질하지 않고 달린다고 합니다."

교통량도 적은 산속 깊숙이 느닷없이 자살 명소가 생기는 바람에 주민들은 곤란한 표정을 감출 길 없다.

*

오쿠이즈모 오로치루프에서 히로시마현 쪽으로 내려간 곳에 있는 숙소에서 들은 이야기다.

"이 주변에 있는 314호선은 유독 커브가 많아요. 그래서 오토바이 족들이 많이 온답니다."

당연히 사고도 많다. 숙소 바로 옆도 사망사고 발생지점이다. 그런 국도 314호선을 달리는 노선버스 운전사가 자기 회사 여직원에게 묘한 이야기를 들었다.

"거기 도로를 맨날 잘도 달리네요. 나는 무시무시해서 그런 곳은 도저히 못 지나갈 텐데."

뭐가 무시무시하냐고 그녀에게 묻자…….

"몇 사람이나 있거든요, 거기에. 길가에 몇 사람이나 서 있었어요."

그런 소리를 들어도 어쩔 수 없다. 일은 일이므로 그는 매일매일 그곳을 지나칠 수밖에 없다. 그녀처럼 뭔가가 보인다는 것은 실로 성가신 일이다.

저주의 신

도조(東城, 히로시마현 동부-역주) 지역의 아와타(栗田)에는 핫탄보(八反坊)라는 작은 신사가 있다. 야트막한 언덕 위에 몇 그루의 삼나무로 에워싸인 극히 평범한 신사다. 핫탄보라는 인물이 모셔져 있는데, 현지에서는 유명한 신사다……저주의 신으로.

"지금도 와요, 한밤중에요."

핫탄보 부근에 사는 기리오카 이사오(桐岡勳雄) 씨에게 이야기를 들어보았다.

"그건 사람들에게 보이지 않도록 해야 해요. 대부분 한밤중이지요. 먼저 술 두되와 담배를 공양하고 나서 해야 해요. 성공하면 다시 똑같은 것을 바치고 신사에 참배를 하지요."

옥신각신하는 남녀 사이의 다툼거리도 끌고 들어오는 모양이다. 상대방의 이름을 쓴 종이에 무수한 못이 박힌다고 한다. '남 잡으려다가 제가 잡힌다'는 말은 도대체 떠오르지 않는 것일까? 아니면 그토록 원망의 마음이 깊었기 때문일까?

"이 아래 할머니가 계시거든요? 그 분은 영적 감각이 강하다고 해야 할까요? 못이 박히면 바로 알아요. 머리가 아파지거든요. 그래서 내게 좀 봐달라고 말하지요."

연락을 받은 기리오카 씨가 핫탄보로 가보면 틀림없이 못이 박혀 있다. 그것을 빼는 것이 상당히 힘들다고 한다.

"못을 박는 사람은 못의 머리를 아예 잘라버려요. 순순히 빠지지 못하도록. 그래서 나무껍데기를 벗겨낸 다음 펜치로 빼내야 해요.

발견하는 족족 처리를 하는 것이 기리오카 씨의 일이기도 하다. 핫탄보에 대한 상세한 설명은 생략하나, 원망을 하면서 비운의 죽음에 이른 인물이라고만 언급해두겠다.

각지에 저주의 신이 적지 않게 존재한다. 현재도 나쁜 마음을 먹고 참배하는 사람은 있지만, 생각하기에 따라서는 실제로 사건을 일으키는 것보다는 오히려 나을지도 모른다.

*

기리오카 씨는 어린 시절부터 몇 번이나 불구슬을 보았다. 한번은 마쓰리 연습 때문에 귀가가 늦어져 오후 9시를 넘겼을 때의 일이다.

"묘지 근처를 걷고 있었어요. 크기는 농구공 정도였고 오렌지색이었지요. 그것이 올챙이처럼 꼬리를 끌고 있었어요. 무서워서 집으로 도망쳤어요."

숨을 헐떡이며 가족들에게 그 이야기를 했지만 놀라는 사람이라곤 아무도 없었다.

"아, 그건 불구슬이야, '인'이 타는 거라고, 라고 말하더군요. 하지만 그것이 죽은 사람한테서 나온다고 하니까 괜히 무서워져서."

시신을 매장한 무덤 근처에서 불구슬이 날아다니는 것은 보기 드문 일이 아니었다.

주술사와 빙의, 퇴마

몸 상태가 지속적으로 좋지 않거나 가족에게 불행이 이어지면 주술사(퇴마사)가 등장할 차례가 된다. 이전엔 각 지역에 존재했던 주술사도 지금은 거의 사라졌다곤 하지만, 완전히 사라진 것은 아니다. 도조 지역 최고령 엽사 구로카와 하지메(黒川始) 씨에게 이야기를 들어보았다.

"재해가 이어지면 주술사를 부르곤 했지요. 대체로 비슷한 이야기를 해요. 집 주변을 한번 빙 돌며 수신(水神)님을 바로잡고, 부뚜막의 신인 '롯쿠님'을 바로잡으라고 말하는 정도일까요."

이때 말하는 '수신님'이란 집으로 들어오는 물줄기 흐름에 모셔져 있는 신, '롯쿠님'은 불을 관장하는 신을 말한다. 이외에도 '묘지가 망가져 있다' 등의 멘트가 단골로 나오는 대사였다고 한다.

*

핫탄보 근처에 사는 기리오카 씨의 어린 시절, 흰옷을 입고 높은 굽 하나만으로 된 왜나막신을 신은 사람이 왔다. 마을에서는 그 사람을 '호인님(法院さん)'이라고 부르고 있다.

"대형 소라고둥을 불며 집 주위를 돌면서 여기가 나쁘다느니 저기가 나쁘다느니, 했지요."

이때는 완전히 '야마부시(山伏, 독특한 복장을 하고 산에서 혹독한 종교적 수행을 하는 슈겐도 수행자-역주)' 복장인데 그가 정말로 산악 불교 수행자인지는 확실치 않았던 모양이다. 실은 기리오카 씨 본인도 20년 정도 전에 주술사(퇴마사) 신세를 진 적이 있다.

"요통이 극심해서 병원에 입원했어요. 꼼짝도 못할 정도라서. 그랬더니 노인네가 주술사를 불렀어요."

제법 멀리 떨어진 곳에서 모셔온 인기 주술사였다. 운전사까지 대동해 나타난 그는, 놀랍게도 병실 안에서 기도를 시작했다.

"좀 높으신 선생님 같았지요. 운전수 일당까지 포함해 자그마치 15, 6만 엔 들었어요."

"15, 6만 엔이요! 비싸네요. 그래서 나았나요?"

"아니요, 나아지지 않았지요! 수술해서 움직일 수 있게 되었어요."

결국 기도로는 치유되지 않았지만, 누구에게 불평을 늘어놓을 수도 없다. 놀란 것은 같은 병실에 있던 사람들 가운데 절반쯤이, 그 자리에서 당장 기도를 요청했다는 사실이다. 물에 빠지는 사람은 지푸라기라도 잡는다고 했던가.

현대의학을 배운 의사들 중에도 잘 고치는 사람과 못 고치는 사람이 있기 마련이다. 그러니 주술사의 실력에 관해 이러쿵저러쿵 말하는 것은 촌스러운 짓일지도 모른다. 믿는 사람은 아주 드물게라도 구원받을 수 있는 세계다. 실제로 가타오카 씨처럼 요통으로 괴로워하던 사람이 '호인님'의 기도로 순식간에 나았다는 예도 있기 때문이다.

*

부상이나 불행을 겪었을 때만 주술사가 필요한 것은 아니다. 정체를 알 수 없는 '모노'와의 사투도 그들이 활약하는 장이다. 국도 314호선 여우고개 부근의 우동가게 주인의 이야기다.

"이 주변에선 외도(外道)가 들린다고 해요."

"외도라고요? 여우가 아니고요?"

"외도네요. 나이 드신 분들은 자주 말씀하셨지요. 외도가 다가오면 '빌어먹을! 따라오지 마!' 따위의 말을 하면서 큰 소리로 외쳐야 한대요."

산길에서 '외도'가 다가오면 즉각 호통을 쳐서 내쫓는다고 한다. 외도는 여우도 너구리도 들개도 아니다. 뭔가 명확하지 않은 나쁜 '모노'이기 때문에 외도로 칭해진다.

"우리 할머니에게 들린 적이 있었어요. 그래서 이런 저런 분들이 봐주셨는데, '네게는 까다로운 '모노'가 들려 있다'라는 소리를 들었지요."

까다로운 '모노'는 한동안 집에 있었다고 한다. 할머니와 나란히 앉아 있으면 뒤를 뭔가가 쑤욱 지나간다. 뒤돌아보면 아무것도 없다. 그것은 어떤 기미나 인기척에 그치지 않고, 물체가 등에 닿는 감촉이 명확하게 존재한다. 예를 들자면 개나 고양이가 쑤욱 등에 닿으면서 걷는 감각이다.

"몇 번째로 왔던 주술사 분이 말했지요. 배를 곯게 했기 때문이라면서 어서 '세키한(赤飯, 일본의 팥찹쌀밥으로 경사스러운 일이 있을 때 주로 먹음-역주)을 지어 공양을 드리라고."

그 말에 따라 '세키한'을 고봉밥처럼 높게 꾹꾹 눌러 공양을 드리자, 흡족했는지 까다로운 '모노'는 할머니에게서 떠났다.

"나는 집 주변에서 작은 동물과는 눈을 안 마주치려고 해요. 누가 날 말똥말똥 쳐다보면 무서워서요. 나한테 올 것 같으면 돌을 던져서 호통을 치지요."

도와준 주술사는 능력 있는 사람이었던 모양이다. 주술사가 돌아가셨을 때 이불을 걷자 그 안에 예쁜 백사(하얀 뱀)가 한 마리 있었다고 한다.

'히바곤' 마을

히로시마현 쇼바라시 사이조(西条) 지역은 '히바곤(일본에 생식한다고 전해지는 원숭이 형태의 미확인생물 중 하나-역주)' 마을로 알려져 있다. 지역에는 히바곤 만두, 히바곤 센베 등 온갖 곳에 히바곤이 넘쳐나고 있다. 히바곤 소동이 일어난 지 40년 이상 흘렀기 때문에 원조 '지역 유루캬라(지역 특산품이나 유명 동물의 모습을 본떠 만든 지역 마스코트-역주)'라고 말할 수 있을지도 모른다.

"관공서에 '유인원과'가 만들어졌을 정도라니까요. 지금은 없어졌지만."

앞서 언급했던 국도 314호선 주변에 있는 숙소의 여주인은 히바곤 소동의 발원지, 유키(油木) 마을 출신이다. 지금에야 '유루캬라적' 존재인 '히바곤'도 당시엔 공포의 대상이었다고 한다. 마주친 사람은 모두 덜덜 떨었다. 바깥에 나갈 때는 반드시 호신용 몽둥이를 가지고 간다는 사람도 있었고, 분교에서는 집단하교가 한동안 이어졌다. 수년간 목격자가 계속 늘어났고 의문의 발자국도 몇 개나 발견되었지만, 결정적인 증거는 일체 발견되지 않다가 소동이 흐지부지 수습되었다.

'히바곤'에 관해서 근린 지역 사람들은 "그건 당시의 마을 대표가 도롱이를 입고 삿갓을 쓴 채 여기저기를 돌아다녔던 거라니까"라고 냉소적으로 말한다. 요컨대 '새빨간 날조'라는 이야기다. 단, 당시의 많은 성인들이 안색이 변해 줄행랑을 쳤던 것도 사실이다. 이런 사

람들이 모두 세상을 떠난 마당인지라, 히바곤은 오로지 유루캬라로
서만 존재하고 있다.

*

"초등학교 6학년 때였을까요. 히바곤을 본 적이 있어요."

사이조지소(西条支所)에서 근무하는 가토 다카시(加藤隆) 씨는 지역
엽우회 소장파 엽사다. 가토 씨가 태어났을 무렵엔 마침 히바곤 소
동의 전성기였다.

"집 근처 강에 곤들매기 낚시를 갔었지요. 그건 여름방학 시즌의
오후였어요."

"아주 큰 원숭이가 있었어요. 서 있었는데 제법 긴 털이 전신을 뒤
덮고 있었지요. 마치, 그래요, 그런 머리 느낌으로요."

가토 씨가 손가락으로 가리킨 것은 내 머리카락이다. 조금 긴 편
의 백발머리와 아주 흡사하다고 한다.

"깜짝 놀라서 누나를 부르러 갔어요. 같이 낚시하러 왔거든요."

황급히 누나를 데리고 오자 의문의 괴물은 이미 자취를 감춘 뒤였
다. 요즘엔 새로운 히바곤 목격담도 거의 없어서 더는 화제에 오르
지도 않았다. 그러나 가토 소년은 그것이 히바곤일 거라고 당장 생
각했다고 한다. 단, 이야기를 상세히 들어보니 히바곤과는 상당히
형태가 다른 것 같기도 했다. 어쩌면 맨 처음 목격된 히바곤이 나이
를 먹어 노인(노원숭이?)이 된 모습이었을지도 모른다.

할아버지, 할머니와 함께 두런두런 '세상사는 이야기'

'주고쿠(中国) 산지에서 고래 워칭'이라는 특이한 캐치 카피 문구가 눈길을 끄는 쇼바라시 히와정(比和町). 이곳에는 지역 내에서 발견된, 거의 완벽한 고래 화석을 볼 수 있는 박물관이 있다. 동해로 흘러가는 고노카와(江の川) 유역으로 인구 2,000명의 조용한 산촌이다. 그곳에 있는 옷파라(越原)에서 네 명의 할아버지, 할머니에게 이야기를 들어보았다.

       *

"여우를 쏴 본적은 없군. 그건 사람을 속인다고 하니까. 우리 할아버지가 그러셨지요. 여우는 대개 짝이 있어서 한 마리를 쏘면 남은 아이가 해를 끼친다고."

지역에서 장로격인 엽사 하치카와 노부요시(八川叙芳) 씨는 절대로 여우는 쏘지 않았다고 말한다. 그러나 같은 지역에 사는 유즈리 스미오(杠角雄) 씨는 전혀 다르다.

"여우는 얼마든지 잡아먹었지. 하지만 아무 일도 일어나지 않았다니까. 단, 산속에서 여우한테 속을 뻔한 적은 있지요. 해질 무렵 산속에서 갑자기 묘한 느낌이 들기 시작해서."

스미오 씨가 평소대로 산길을 아주 자연스럽게 걷고 있었는데, 뭐라고 형용하기 어려운 기분이 엄습했다. 경험한 적 없는 사태에 주위를 둘러보자…….

"여우가 따라와 있었던 거야!"

"모습이 보였나요?"

"아니, 모습까진 보이지 않았어요. 하지만 발자국이 계속 따라와 있었지, 내 뒤에서."

그 이야기를 듣고 베테랑 나무꾼인 유즈리 노부치카(杠信親) 씨는,

"여우는 산속에서 빛이 나요. 커다란 꼬리를 흔들면 푸르스름한 빛이 반짝거린다니까."

이른바 도호쿠 지방에서 자주 발견되는 도깨비불은 딱히 모르겠다고 모두들 입을 모아 말했다. 하지만 스미오 씨는 신비한 빛을 본 적이 있긴 하다고 한다.

"한밤중에 1시 정도였을까요? 차로 산길을 달리고 있었는데 주위가 조금씩 밝아졌지요. 그래서 무심코 왼쪽을 봤다가, 깜짝 놀랐어요."

빛나는 물체가 차와 엇비슷한 속도로 날고 있는 것이 보였다. 스미오 씨는 옆에서 꾸벅꾸벅 졸고 있던 아이를 두드려 깨웠다.

"저게 도대체 뭐냐고 하면서 아이와 둘이서 깜짝 놀라서 한참을 쳐다보았지요. 그것이 불구슬이지 않았을까?"

＊

스미오 씨의 할머니는 밭일을 하던 중 두 번이나 쓰치노코를 발견

했다. 모두 밭 옆에 있는 제방에서 소리 내면서 떨어졌다고 한다.

"내 아는 사람인 만타로(万太郎) 씨는 수신(水神)님을 만났다더군요. 갑자기 집안으로 뛰어 들어오더니 '나 지금 저기서 수신님을 만났다니까'라고 말했대요."

스미오 씨의 지인 분은 느닷없이 집으로 들어와, 수신님이 얼마나 소중한 존재인지 장황하게 늘어놓았다고 한다. 이것은 정말로 수신님을 만난 것인지, 아니면 여우에게 홀렸는지 구별이 가지 않는다.

　　　*

옛날에 마을에서는 몸의 상태가 나쁘면 '로쿠산요케(六三除け, 숫자로 병의 부위를 맞춘다는 민간신앙-역주)라는 방법으로 고치거나 종종 신사에 있는 신관을 불러 기도를 부탁하기도 했다. 이는 지금도 여전히 명맥이 유지되고 있다.

갑자기 사람이 없어지는, 이른바 감쪽같은 '행방불명'에 대해서도 모두 잘 기억하고 있었다. 가장 신기한 사례로는, 집에서 자고 있을 유아가 연기처럼 홀연히 사라져 버린 일이었는데, 아직도 아무런 실마리가 없다고 한다. 이것은 비교적 최근의 이야기다.

　　　*

홍일점 할머니 오다 미요코(小田美代子) 씨는 화장(들판에서 직접 태우는 화장)을 하면서 무서운 경험을 했다고 한다.

"집 위쪽에 화장터가 있어요. 그곳에서 지인의 아버님 시신을 태우는데 그 연기가 지면을 기는 것처럼 내려왔거든."

보통 연기는 하늘로 올라가는데 이때는 달랐다. 마치 드라이아이스 연기가 낮은 곳으로 흐르는 것처럼 서서히 사람들에게 다가온다. 이것을 보고 있던 이웃 사람들이, '아, 돌아가신 분이 당신 쪽으로 가고 있어!'라고 말했다. 그 소리를 들은 오다 씨는 벌벌 떨면서 집으로 도망쳤다고 한다.

"진짜 엄청 무서웠다니까요. 그렇게 묘한 연기는 난생 처음인걸요."

*

오다 씨는 한밤중에 빨갛고 신비스러운 빛을 본 적도 있다고 한다. 집밖에 있는 변소에 가자, 산 위쪽으로 제법 커다란 빛이 보였다. 깜짝 놀라 집안으로 들어가 그 이야기를 며느리에게 하자,

"우리 어머니가 드디어 치매에 걸렸네'라는 소리를 해서 그 다음부터는 보고도 못 본 척, 아무 소리도 안하기로 했지요."

치매에 걸렸다는 소리를 들으면 속이 상하니, 오다 씨는 아예 입을 닫아버렸다.

화장을 할 때는 몇 사람이 함께 술을 마시면서 교대로 불 상태를 살펴봐야 한다. 거의 하루 종일 시신이 얼마나 잘 타는지 살펴보면

서, 술자리는 마냥마냥 늘어진다. 때때로 머리가 굴러 떨어지는 경
우가 있는데, 그러면 막대기로 그것을 불길 속에 다시 집어넣어야
한다니, 화장은 정말 무시무시하다.

신의 비행기

시마네현 오쿠이즈모정(奥出雲町)은 과거에 존재했던 요코타정(横田町)과 니타정(仁多町)이 합병해서 만들어진 곳이다. 마을 이름처럼 그야말로 이즈모 지방 깊숙이 자리 잡고 있으며 유명한 '오쿠이즈모 오로치루프'(奥出雲おろちループ, 명칭의 유래는 일본신화에 등장하는 전설의 생물 '야마타노오로치'에서 옴-역주)를 넘으면 히로시마현으로 통한다.

80세 연세의 어르신, 온다 아이키치(恩田愛吉) 씨의 이야기다.

"무려 60년도 더 된 이야기네요. 일을 마치고 집으로 돌아오고 있을 때였어요. 미토코로강(三所川) 위쪽에 있는 나카무라(中村) 마을을 걸어가고 있었지요. 저녁 무렵이어서 여전히 밝은 하늘을 올려다보았더니, 뭔가가 날아가고 있었어요. 처음엔 비행기인 줄 알았어요."

그러나 참 묘하다. 비행기치고는 속도가 상당히 느린 것 같다. 형태는 동그란 구형으로 어슴푸레하게 밝은 빛을 발하고 있었다.

"그것이 천천히 앞으로 나아가더니 산 쪽으로 빨려 들어가는 것처럼 사라졌어요. 앗, 가버렸네, 라고 생각했어요."

그런데 이미 지나갔다고 생각했던 그 물체는, 바로 다시 모습을 드러내더니 원래대로 이동을 시작한다.

"어라? 역시 비행기가 아니었나? 당시엔 그렇게만 생각했지요. 지금이야 UFO니 뭐니 하는 말이 있지만, 그 무렵엔 없었거든요."

오쿠이즈모정에는 센쓰산(船通山)이라는 산이 있다. 『고사기(古事記)』에 의하면 이 기슭에 '스사노오노미코토(일본 신화에 나오는 태양의 여신 아마테라스오미카미의 남동생-역주)'가 강림해 '야마타노오로치(八岐大蛇)'를 퇴치했다. 예로부터 '신이 지나다니는 길'이라고 믿었던 사람도 많은 곳이다. 실제로 센쓰산 정상은 거의 평지에 가깝고 나무조차 심어져 있지 않다. 활주로가 필요 없는 최고의 이착륙장(버티포트)처럼 보이는데, 그것이 자연의 모습인지 인위적인 것인지는 알 수 없다.

　참고로 온다 씨가 의문의 비행물체를 본 것은 딱 한 번, 이때뿐이었다.

좋지 않은 '모노'

　오쿠이즈모정(奧出雲町)에 위치한 '숙박 가능 박물관'에서 지질학 학예원으로 일하는 스가타 야스히코(菅田康彦) 씨의 이야기다.

　"조사를 위해 산에 자주 가거든요. 그러면 종종 왠지 모르게 등줄기가 오싹 하는 곳이 있긴 합니다. 거기에 가면 안 된다는 느낌이 마구 들지요. 얼마 전엔 물줄기가 세 방향에서 흘러내려오는 곳이 있었는데, 물줄기 합류지점에 통이 하나 있었어요."

　밝게 개방된 장소였는데 세 방향에서 온 물이 정확히 한군데로 떨어져 흐르고 있었고, 그 물을 콘크리트제 원통이 가득히 담아내고 있었다.

　"그것을 보는 순간 몸이 얼어붙었어요. 이유는 잘 모르겠지만, 그곳에 가서는 안 된다고 생각했지요."

　도저히 다가갈 수 없어서 결국 원래 왔던 길로 되돌아갔다고 한다.

　*

　스가타 씨는 이른바 '보이는' 타입이 아니라 '느끼는' 타입인 모양이다.

　"중학교에 다닐 무렵이었어요. 집에서 공부하고 있었는데, 갑자기 어떤 아이의 기척이 느껴졌어요. 집에 아이라곤 저밖에 없었는데, 어떤 아이가 내 뒤에 서 있는 거예요."

"인기척이 느껴진 건가요? 뒤를 돌아보지도 않았는데, 어떻게 아이란 걸 알 수 있었나요?"

"무서워서 뒤를 돌아볼 수 없었지요. 하지만 확연히 알 수 있어요, 아이라는 것만은."

공포로 굳어진 채 10분 정도 지나자 그 '아이'는 사라졌다. 물론 뒤를 돌아봐도 아무도 없었다.

*

박물관에서 아이들을 대상으로 한 이벤트를 개최하는 경우가 있다. 어느 날 산속에서 포인트를 찾아 돌아다니는 '네이처 게임'을 기획했다. 이것은 방위 자석과 지도를 활용해 미리 설정된 포인트를 발견해내는 놀이다.

"네이처 게임 전문가가 와서 준비를 했어요. 동료가 보조로 전문가와 함께 포인트 설비를 하러 산에 갔지요."

산이라고 해봐야 근처에 있는 위험하지 않은 산이다. 그곳을 두 사람이 걷고 있었는데 갑자기 전문가가 크게 원을 그리듯이 걷기 시작했다. 그리고 나서 상당히 크게 돈 다음 포인트를 설정했다. 동료는 고개를 갸우뚱했다. 똑바로 직진하면 좋을 텐데 어째서 군이 멀리 도는 것일까. 아무래도 신경이 쓰였던 동료는 그에게 물었다.

그러자,

"아, 지금 그곳이요?⋯⋯음~."

말끝을 흐린다. 이야기하고 싶지 않은 모양이다. 너무 신경이 쓰여 좀 더 집요하게 따져 묻자,

"거기에는 나쁜 '모노'가 있거든요. 그래서 똑바로 갈 수 없었지요."

나쁜 '모노'가 확실히 보였던 모양인데, 그것이 어떤 것인지는 가르쳐 주지 않았다. 하지만 충고도 잊지 않았다.

"그게 이 산속을 이동하고 있어요. 그러니 산에 올라갈 때는 조심하는 편이 좋답니다."

조심하라고 해도…….

엑소시스트와 '축시의 참배'

양질의 사철(砂鉄)을 채취할 수 있는 오쿠이즈모정은 고대의 제철법인 골풀무(용광로에 공기를 보내기 위해 발로 밟아서 바람을 일으키는 제철법-역주) 마을로 알려져 있다. 『고사기』에 나오는 야마타노오로치(八岐大蛇)는 이 지역을 원류로 한 히이강(斐伊川)을 의미하며, 그 꼬리에서 나온 '구사나기(草薙)의 검'이 '골풀무 제철' 그 자체로 여겨지고 있다.

고대사 애호가들에게는 견딜 수 없이 매력적인 장소일 것이다. 역시 고대사 애호가로 알려진 마쓰모토 세이초(松本清長, 일본의 저명한 사회파 추리소설 작가-역주)의 대표작 『모래그릇(砂の器)』에서 그가 무대로 선택한 곳이 바로 오쿠이즈모정의 가메다케(亀嵩) 지역이었다. 당시 지자체 대표를 역임했고 마쓰모토 세이초를 직접 만나 기념비 건설 허가를 따냈다는 요코미치 가즈오(横路一雄) 씨의 이야기다.

"이 주변에도 여우에게 속았다는 이야기는 아주 많답니다. 아내가 오랜만에 친정집에 놀러갔는데 아무리 기다려도 돌아오질 않아 남편이 직접 찾으러 나섰더니 아내가 산속에서 자고 있더라는 식이지요. 친정집에서 받아온 조림요리가 감쪽같이 사라졌기 때문에 그건 여우 탓이라고 했더랬어요. 도깨비불도 자주 봤답니다. 그건 나무로 된 다리가 원인이에요. 옛날엔 마을 다리가 모조리 목제였거든요. 그것이 오래되어 썩으면 거기에서 불이 나왔지요."

가메다케 지역에 있는 산군산(三郡山, 해발 804m)은 말 그대로 세 개 군(郡)의 경계에 있는 산인데, 이 정상 부근에서 도깨비불이 자주 보였다고 한다. 단, 산의 정상 부근이기 때문에 나무로 된 다리는 존재하지 않는다.

      *

"어린 시절엔 여우에 들린 사람이 자주 있었어요. 1938년(쇼와 13년)쯤이었을까요. 학교에서 돌아오는 길에, 오늘은 어디어디에서 여우에 들린 사람을 치료한다더라, 하면서 모두 같이 그것을 보러 갔었어요."

작은 마을이다 보니 그날 마을 어디에서 무슨 일이 벌어지는지, 마을 사람 모두가 알고 있었다. 무서운 것을 보고 싶은 호기심에 학교에서 돌아오자 요코이 소년은 친구와 함께 부리나케 그 집으로 향했다.

"어두컴컴한 집안에서 커다란 소리가 나고 있었어요. 방에서 탕탕거리는 엄청난 소리가 나면서 '이래도 안 갈 테냐!!'라는 고함소리가 울려 퍼졌지요."

무시무시했지만 호기심이 앞선 아이들은 미닫이문의 찢어진 구멍을 통해 살짝 안을 들여다보았다. 참으로 기이한 광경이었다. 흰옷을 입은 사내는 종이가 잔뜩 매달려 있는 막대(신관의 도구)를 손에 든 채 고함을 지르며 난리를 치고 있었다.

'냉큼 나가거라~!! 이래도 안 나가느냐, 썩 나가지 못할까!!'

소리치고 있는 사람이 도리어 여우에 들린 게 아닐까 싶어질 정도로, 그야말로 날뛰고 있었다. 그 옆에서는 괴로운 듯이 할머니가 몸부림치며 뒹굴고 있다.

'참아주세요~이제 그만요~.'

"정말 무시무시했어요. 그야말로 전쟁이었지요. 여우가 떨어져나갔는지 어땠는지는 잘 모르겠지만, 그런 다음 할머니는 보통 때 같았어요. 옛날엔 여우가 들린 집이라는 것이 자주 있었지요."

당시엔 주술사(퇴마사)가 마을에 여러 명 존재해서, 여우가 들렸을 때 사람들은 그들을 부르곤 했다.

＊

"거기에 신사가 있지요? 그 신사의 이전의 이전, 그러니까 2대 전에 최고 신관이었던 분이 참 대단했답니다. 신사 안에 기도 전용 공간이 있어서 한번 구경한 적이 있었는데, 온갖 주술 도구가 있었어요. 많은 사람들이 그 분에게 부탁하러 가곤 했지요."

2대 전의 최고 신관은 영력이 상당했던 사람이었다고 한다. 이 신사 자체도 요즘 유행하는 말로 표현하자면 '파워 스팟' 같은 존재였다.

"한밤중에 신사 안에 있는 숲에서 소리가 나는 거예요."

"혹시 '축시의 참배(丑の刻参り, 축시[새벽 1시부터 3시 사이]에 신사의 나무에 증오하는 상대를 상징하는 지푸라기 인형을 못으로 박는 일종의 저주-역주)'인가요?"

240

"맞아요. 내 아는 사람은 한밤중에 신사 숲에서 흰옷을 입은 여자가 달리고 있는 것을 봤다고 해요."

어째서 그 지인은 애당초 한밤중에 신사에 있는 숲에 들어갔던 걸까? 혹시 그 사람도 '축시의 참배'를 하러…….

"어느 날 신사에 있는 숲에서 나무를 베어낸 적이 있었거든요. 나무껍질을 벗겼더니 작은 구멍이 엄청나게 많았지요."

'축시의 참배'의 못질 자국이다. 아무래도 이 신사는 한밤중이 더 혼잡했던 모양이다. 조용한 숲에 울리는 불길한 소리는 가능하면 듣고 싶지 않다.

＊

해당 지역에는 지금도 적지 않은 주술사가 존재한다. 잃어버린 물건을 찾거나 병마 치유를 위한 기도를 위해 오는 사람이 있다고 한다.

"몸 상태가 나빠진 사람이 주술사를 찾아오곤 했지요."

그녀가 주술사에게 들었던 신탁은 깜짝 놀랄 내용이었다.

'당신에게 나쁜 짓을 하고 있는 것은 이웃 사람이야. 당신을 원망하면서 저주를 퍼붓고 있어.'

그 이름을 듣고 상담자는 눈을 동그랗게 떴다. 자신을 원망하고 있는 인물은 항상 친하게 지내던 이웃집 주인이었다.

'그렇게 사이가 좋고 항상 함께 차도 마시는데!!'

놀라는 동시에 묘한 안도감도 있었다. 몸 상태가 왜 좋지 않은지, 그 원인을 알아냈기 때문이다. 그러자 신기하게도 몸 상태가 조금씩 호전된 듯한 기분이 들었다. 결국 그녀는 이웃과 극히 자연스럽게 교제하며 평소처럼 매일 함께 차를 마시고 있다.

숲과 '미소기'

요코미치(橫路) 씨는 오랫동안 임업 관련 연구직에 종사해온 분이다. 직접 산속을 누비고 다니며 매일매일 열심히 나무나 숲에 대해 고민해왔다.

"산에서 길을 잃어버릴 때는 두 가지 경우입니다. 방향을 몰라 길을 잃는 경우와, 누군가가 부르는 소리를 듣고 그대로 어딘가로 가버리는 경우가 있지요. 이 근방에도 행방불명이 된 사람이 있었지요. 모두 함께 찾아보았지만 결국 발견되지 않고 한 달이 지났어요. 장례를 치러야 한다는 이야기까지 나오기 시작할 즈음, 홀연히 집으로 돌아왔어요."

자세히 이야기를 들어보니 이 사내는 단순히 길을 잃었던 게 아니었다. 이야기는 무려 35년 정도 이전으로 거슬러 올라간다. 마을에서 못된 짓을 한 사내가 산으로 숨어들어갔다.

"모두 함께 산을 수색했지만 발견되지 않았어요. 만약 산이 아니라 다른 마을로 도망갔다면 경찰이 개입되었겠지요. 그래도 산으로 도망을 갔기 때문에 마을 사람들도 포기했을 거예요. 거기서 객사라도 한다면 어쩔 수 없지 않겠느냐고, 숲에서 죽는다면 어쩔 수 없다고."

다른 곳으로 도망갔다면 경찰에게 맡기고, 산으로 숨어들어갔다면 상황이 흘러가는 대로 하자는 이야기였다. 그리고 그 사내는 한달 후 산에서 나오긴 하지만, 주민들은 사내를 용서했다고 한다. 산에 몸을 감추는 것은 산의 신에게 목숨을 내맡긴다는 것이나 마찬가지라고 생각하는 모양이다. 그 결과 살아서 돌아왔다면 그것은 산의 신이 살려 보내준 것이기 때문에 '미소기가 끝났다'(미소기란 죄가 있는 사람이 강이나 바닷물로 몸을 씻어 청정하게 되돌아간다는 신도식 목욕재개를 의미함. 종종 좋지 않은 일의 책임을 다했다는 의미로 '미소기가 끝났다'는 표현을 씀-역주)고 판단한다. 이리하여 사내는 이후에도 마을에서 살 수 있었다. 참으로 신기한 산촌의 논리다.

"산이나 숲에는 불가사의한 것들이 많습니다. 그것은 해명이 불가능하며, 애당초 해명할 필요도 없다고 생각합니다. 불가사의한 것은 없다고 무조건 부정해버리면 안 될 것 같습니다. 나는 UFO라면 본 적이 있거든요. 심지어 히바곤을 찾으러 히로시마에 있는 산에 올라간 적도 있습니다."

과학적 사고를 우선시하는 연구자이면서도 불가사의한 사건에도 유연하게 대응할 수 있는 90세다.

'헨로코로가시'

에히메현(愛媛県) 사이조시(西条市)에 있는 요코미네사(横峰寺, 요코미네지)는 시코쿠(四国)의 저명한 영지 중 60번째 절이다(약 1200년 전에 고보대사[弘法大師], 즉 구카이[空海]가 수련을 위해 돌았던 시코쿠 지방의 88곳의 영지를 하나씩 도는 순례 코스를 '오헨로'라고 부르는데 그중 60번째 절이라는 의미-역주). 주차장에서 남쪽으로 서일본(西日本) 최대봉인 이시즈치산(石鎚山, 시코쿠산지 서부에 위치한 해발 1,982m의 산-역주)을 조망할 수 있는 해발 750m의 산사인데, 그런 산사의 주지 가메야마(亀山) 씨에게 이야기를 들어보았다.

"직접 신기한 체험은 한 적이 없지만, 숙부님께서 너구리에게 홀린 적이 있었던 모양입니다."

"너구리요? 여우가 아니라?"

"너구리입니다. 마을에서 걸어가고 있다가 지금 어디에 있는지, 길을 잃어버린 적이 있었거든요. 본인은 하나로 쭉 뻗은 길을 계속 걸어가고 있다고 생각했던 모양인데, 아무리 시간이 지나도 계속 가기만 하고, 어딘가에 도착하지 못했던 거지요. 문득 정신을 차리고 보니 갈대밭이었다고 해요. 어느새 강가까지 가서 갈대밭 안을 빙글빙글 돌고 있었어요. 이런 건 너구리의 소행이라고 일컬어져요, 이 주변에서는요."

사람들에게 악의 어린 장난을 치는 것은 압도적으로 여우일 거라고 여겨지고 있는데, 시코쿠에서는 너구리가 상당히 악당인 모양이다.

*

가케야마 씨의 부친인 선대 주지 스님 시절에는 근교에서 사람들이 온갖 고민거리를 안고 절을 찾아 산에 올라왔다고 한다.

"머리가 아프다느니, 몸 상태가 나쁘다느니 하면서 여기까지 오곤 했지요. 그때마다 아버지가 '오하라이(お祓い, 신에게 빌어 죄나 부정함을 제거하는 것, 일종의 푸닥거리-역주)'를 했던 것을 봤어요. 개중에는 여기까지 직접 올라올 수 없어서 전화로 부탁하는 사람도 있었어요. 제가 아버지를 이어받은 다음에는 그런 것이 없어졌습니다."

의료 체제가 정비되지 않았던 시절, 서민이 가장 먼저 의지했던 것은 신불이었다. 친근한 신사나 불당은 마음을 기댈 곳이었으며, 실제로 사람들이 모이는 커뮤니티 공간 역할도 거뜬히 해냈다.

"옛날엔 마쓰리 같은 것을 할 때 절 안에 가설무대 공간도 만들어지곤 했어요. 많은 사람들이 모였지요. 술을 마시다 보니 싸움이 벌어지기도 했고, 신붓감을 고르려고 젊은 여성들을 구경하러 오기도 했어요. 절에는 그런 역할도 부여되었지요. 지금은 장례식밖엔 할 것이 없어져 버려서, 그것도 문제는 문제입니다."

이시즈치산은 슈겐도(修験道)와 연관된 산이다. 극한의 험준함 속에서 산의 영력을 몸에 담아내고자 수많은 수행자들이 이곳을 찾았다. 산 정상에서 진언(真言, 산스크리트어 만트라의 일본어 번역어로 '부처님의 진실한 말씀, 비밀의 말'이라는 의미-역주)을 백만 번 외치는 등 온갖 수행으로 몸을 단련했다.

"많은 사람이 수행하려고 왔었어요. 이유는 잘 모르겠지만 규슈(九州) 사람들이 많았다는 느낌을 받았어요. 개중에는 '수인(手印, 손이나 손가락으로 맺는 표상-역주)' 자세를 취하면서 '아홉 글자'의 주문을 외운 다음 상대방을 날려버리는 사람도 있었거든요(재해를 물리치기 위해 아홉 가지 글자와 그에 상응하는 징표를 손으로 표현한 다음, 이를 가로 세로 순으로 직선을 공중에 그리는 슈겐도의 주술법-역주). 요즘 말로 표현하자면 '기'일까요, 젊은 사람이었지만 힘이 있었어요."

혹독한 수행을 거치면서 산의 영력을 몸에 익힌 젊은 수행자는 지금 무엇을 하고 있는지 묻자,

"아, 그 사람은 죽었어요. 젊은 사람이었는데."

수행만으로 본인의 운명까지는 바꿀 수 없는 모양이다.

*

시코쿠 지역 순례 중 60번째 절인 요코미네사(橫峰寺)에서 그 다음의 61번째 영지까지는 상당히 어려운 길이 이어지기 때문에, 순례 코스에 종종 존재하는 이른바 '헨로코로가시'로 알려져 있다(약 1200년 전 고보대사, 즉 구카이가 수행했던 88곳의 시코쿠 지역 영지를 하나씩 도는 순례를 '헨로'라고 하고 순례자를 '오헨로'라고 하는데, '헨로코로가시'는 그런 수행자마저 넘어질 정도로 어려운 산악 길을 말함. 시코쿠 순례길은 도쿠시마, 고치, 에히메, 가가와 순으로 도는 회유형 참배 루트로 약 1,400km에 이르며 88개의 모든 절을 참배함으로써 소원이 성취되거나 고보대사의 공덕을 얻을 수 있다고 함-역주).

시코쿠의 최고봉은 2,000m 미만에 불과하지만 험준하기로 말할 것 같으면 압도적이기 때문에, 헤이케(平家, 미나모토[源] 씨와의 겐페이[源平] 전쟁에서 패배한 다이라 가문-역주) 패잔병(이른바 '헤이케 오추도[平家落시]'-역주)들이 들어갔다는 이야기에도 납득이 간다. 그런 산길을 오로지 계속 걷고 있노라면 때론 묘한 일이 생긴다.

"순례자(오헨로) 중에 산속에서 길을 잃는 분이 종종 계십니다. 똑바로 길을 올라오면 순례지 절에 도착하는데, 이유는 모르겠지만 중간에 산속으로 들어가 버리거든요. 참 신기한 노릇이지요. 딱히 길을 헤맬 곳도 아닌데요. 안내가 몇 군데나 되어 있는데."

길이 정돈된 현재에는 88개의 사찰을 순례할 때 길을 헤맬 일은 없다. 그러나 산으로 들어가게 되는 순례자는 종종 있긴 하다. 그런 사람들은 발견된 다음, 이렇게 말한다고 한다. '안내판 따윈 어디에도 없었다고!'라고.

"전혀 못 봤다는 거예요. 아니, 몇 개나 길가에 세워져 있는데도! 그럴 때는 뭔가가 못 보도록 훼방을 놓았겠지요."

뭔가……필시 그것은 너구리 소행일 것이다.

큰 뱀은 자고 있다

일본 각지에는 수많은 헤이케 패잔병 전설이 있다. 도호쿠 지방에서 오키나와까지 광범위하게 산재되어 있는데 험준한 산속 마을에는 특히 많아서, 도쿠시마현(德島県) 미요시시(三好市) 이야(祖谷) 지역은 그 대표격이다. 이야 지역 중에서 근년에 허수아비 마을로 세계적으로 알려지게 된 것이 나고로(名頃)다. 나고로에서 3대째 엽사 가계를 이어가고 있는 오구라 다쓰오(小椋辰夫) 씨의 이야기를 들어보았다.

"할아버지 대에는 한밤중에 날다람쥐 사냥을 하러 갔었지요. 그 무렵엔 털가죽이 비쌌거든요. 산에서 일하는 일당보다 더 많이 벌었으니까요. 하지만 밤에 사냥을 하다 보면 이런저런 일들이 있었던 모양이더군요."

어느 밤의 일이었다. 할아버지는 평소처럼 총을 메고 칠흑 같은 산속으로 올라갔다.

"가죽이 두 장 더 필요한데. 오늘밤 안으로 잡혔으면 좋겠는데."

털가죽을 사러 오는 업자로부터 다음 주말에 오겠다는 엽서가 오늘 아침 막 도착한 참이었다. 그때까지 맞춰 20장의 날다람쥐 털가죽을 준비해놓는다면 목돈을 만질 수 있다. 살 데가 많은 시기였던 만큼 간절한 일이었다. 기대에 부푼 가슴으로 산에 올랐지만 그 날은 날다람쥐의 모습이 좀처럼 발견되지 않는다. 그토록 숲을 헤매고 다녀도 총 한번 겨누지 못했다.

"뭐야, 오늘은 정말 운이 나쁘군. 하나도 없네."

암흑 속에서 돌아갈지 말지 갈팡질팡하고 있는데 묘한 소리가 들려왔다.

캄캄한 숲 속에서 울리는 무거운 소리. 난생 처음 들어보는 기묘한 음에 할아버지는 자기도 모르게 흥미를 느끼며 소리 나는 쪽으로 조용히 다가갔다. 도대체 정체가 뭘까. 할아버지가 숲의 암흑 속에서 한층 눈을 부릅뜨고 살펴보자, 어렴풋이 동그란 덩어리가 보였다.

"저건 뭐지?"

더더욱 가까이 다가가 살펴보고, 경악했다. 뱀이 똬리를 틀고 있었다. 그것도 비정상적인 크기, 그야말로 '거대 뱀'이었다.

"세상에 어마어마하게 큰 뱀이 코를 골면서 자고 있었던 거예요. 그 모습에 경악한 할아버지는 새파랗게 질려 산에서 돌아왔다고 합니다. 하지만 이 이야기는 가족들에게만 할 수 있었지요. '다른 사람에겐 말하면 안 돼'를 입버릇처럼 말씀하셨어요. 실은 후루미야(古宮, 도쿠시마현 미마시[美馬市]에 있는 마을로 추정됨-역주) 쪽에서도 40년 정도 전에 거대 뱀 소동이 있었거든요. 산이니까 있긴 있겠지요. 뱀만이 아니라, 뭔가 정체를 알 수 없는 소리는 얼마든지 있을 거예요. 그런 것들을 일일이 신경썼다가는 산에 오를 수 없겠지요."

터무니없는 크기의 뱀 이야기는 각지에서 들었는데, 하나같이 낮에 있었던 일이었다. 한밤중에 숲에서 크게 코를 고는 거대 뱀, 그녀는 어지간히 피곤해 곯아떨어져 있었을지도 모른다.

손짓하며 부르는 '모노'

갑작스러운 '행방불명'은 지금이라면 사건이나 사고로 생각될 것이다. 그러나 아무리 찾아봐도 발견되지 않는, 그야말로 연기처럼 사람이 홀연히 사라지는 사례는 동서고금을 막론하고 다수 존재한다. 그럴 때 사람들 머릿속에는 '(신에 의한) 감쪽같은 행방불명'이라는 단어가 떠오르기 마련이다.

이야 지역 나고로에서 여섯 살짜리 사내아이가 행방불명이 된 적이 있다. 엄청난 소동이 일어났던 당시의 일을 오구라(小椋) 씨가 이야기해주었다.

"이 주변엔 화전민이 많아서 밭 옆에 작업용 오두막이 있었거든요. 거기로 아이를 데리고 가서 하루 종일 농사일을 하는 일이 드물지 않았습니다."

어느 날 아이를 데리고 간 부부가 평소처럼 밭으로 향했다. 메밀 수확을 위해서였다. 그 해는 날씨가 좋아서 작황이 그럭저럭 괜찮았다. 부부는 산의 경사면에서 추수를 하느라 땀을 흘리고 있었다. 날이 중천을 지나 점심식사를 마치자 쉬는 둥 마는 둥 하고 다시 작업에 착수한다. 산에서 바라보는 해는 좀 빨리 저물기 때문에 마음이 급했다. 황혼 무렵이 다가오자 슬슬 돌아갈 채비를 하려고 아이를 불렀는데, 답변이 없다. 또 돌담에서 도마뱀이라도 찾고 있는가 싶어서 주위를 살펴보았는데, 아무리 찾아도 아이의 모습이 보이질 않았다.

비장한 표정으로 부부가 산에서 내려온 것은, 날도 한참 저문 이후였다. 당장 한바탕 소동이 일어나 마을 사람 모두가 대대적인 수색에 나섰지만 아이의 모습은 발견되지 않았다. 낭보가 도착한 것은 다음날 점심이 지나서였다.

"터무니없는 곳에서 발견되었어요. 어째서 그런 곳까지 갔는지 도저히 믿기지 않아요."

발견 장소는 아이가 사라졌던 밭과는 완전히 정반대 방향의 산이었다. 그 산속에서도 특히 더 험준한 경사면을 굳이 기어 올라간 곳에 아이는 서 있었다.

"폭포 위에서 엉엉 울고 있더라고요. 발에는 여기저기에 쓸려 벗겨진 상처투성이였지요. 이런 곳까지 용케 올라왔다고 모두들 놀랐어요."

필시 밤새도록 산 속을 헤맸을 것이다. 하지만 그 아이는 비록 엉망진창이 되었을지언정, 결국 별다른 부상 없이 무사히 집으로 돌아올 수 있었다. 어째서 부모님 계신 곳에서 다른 곳을 갔는지 아이에게 따져 물었더니…….

"소리가 들렸어, '이쪽으로 오렴, 이쪽으로 오렴'이라고 누가 불렀어, 그쪽을 봤더니 누군가가 손짓하며 부르고 있었어."

"누군가라니, 누가? 알던 사람이니?"

"아니……손이야. 그냥 손만 있었어."

*

한때 일본의 마추픽추라고 칭해졌던 곳이 바로 이야 지역의 오치아이(落合) 마을이다. 집이나 밭을 지지하는 돌들은 멀리 골짜기 깊숙이에 있던 강에서 힘들게 짊어지고 가져왔다고 한다. 그런 돌들로 만들어진, 그야말로 피와 땀의 결정체가 이 마을이다. 그런 오치아이 마을에서 '소바 만들기 체험' 등의 프로그램을 시도하고 있는 엽사 미나미 도시하루(南敏治) 씨에게 이야기를 들어보았다.

"아버지가 아는 사람의 집에서 돌아올 때, 뭔가가 아버지를 불렀다고 해요. 길을 따라 그대로 걸어서 오면 되는데, 곧장 앞으로만 쭉 직진하면서 길을 뚫고 지나가 버려 결국 골짜기 밑바닥까지 가버렸지요. 나중에 어떻게 된 거냐고 물었더니 '이쪽으로 와'라고 누군가가 불렀다더군요."

*

미나미 씨는 마을에서 거꾸로 뒤집힌 트럭을 발견한 적이 있다. 좁은 마을이다 보니 누구 차인지는 단박에 알아차렸다.

"이게 무슨 일인가 싶어서 차 안을 봤는데, 아무도 없더라고요. 주위를 둘러봐도 아무도 없고."

정작 차에 타고 있었을 사람의 모습이 보이지 않는다. 그저 커다란 핏덩어리가 트럭 바로 옆에 있었을 뿐이다.

"역시 부상을 당했구나 싶어서 주위를 살펴보니, 여기저기에 피가 뚝뚝 떨어져 있더라고요."

보통 일이 아니었다. 이웃 사람들을 불러 자초지종을 설명하고 다함께 그 핏자국을 따라가 보았다. 길의 옆에서 밭, 그리고 덤불 안까지 이어지던 피의 흔적은 거기서 갑자기 사라져 버렸다.

"결국 그날 밤은 찾지 못하고 다음날 아침 찾았어요. 절벽 쪽에 있었는데 거기까지 빡빡 기어간 거였어요. 중간에 수로가 있었는데 그것도 넘어서요. 그 사람이 상당히 눈이 나빴는데. 캄캄한 상황에서 도저히 그런 곳까지 무사히 갈 거라고는 생각되지 않아요. 역시 누군가가 불렀던 거라고 사람들은 말했지요.

병원에 실려 간 그에게 의사가 물었다.

"지금까지 뭐하고 있었나요?"

"나요? 난 지금 막 밥을 먹었는데요."

물론 아무것도 먹고 있지 않았다.

얼마 후 안정을 되찾은 그의 이야기는 실로 기묘한 것이다. 뒤집힌 차 안에서 기어 나오자, 누군가가 그를 불렀다고 한다. 누구인지는 잘 몰랐지만 손짓하며 부르는 대로 따라가자, 마을을 벗어나 산으로 올라간다. 한참 나아갔는데 이대로 가면 길을 잃을 것 같은 기분이 들기 시작했다.

"돌아가야 하니까, 그래서 나뭇가지를 잘라 길안내 삼아 땅위에 꽂았던 것 같아요."

이를 눈치 챈 의문의 목소리가 버럭 화를 낸다.

"무슨 짓을 하고 있는 게냐! 그런 짓 하면 안돼!"

강한 말투에 압도되어 그는 길에 더 이상 표식을 남기지 못했다.

어느덧 주위는 완전히 어두워지기 시작했는데 신기하게도 발 언저리는 확연히 보인다. 마치 누군가가 불빛을 비춰주고 있는 것 같았다. 이리하여 그는 밤새도록 산속을 계속 걷다가 결국 절벽 위에서 발견된 것이다.

"그 일은 정말로 신기했어요. 하지만 산에 올라간 채 사라진 사람은 자주 있지요. 이유는 모르겠지만 몇 사람이나 돌아오지 않았어요."

악동 너구리

시코쿠 산속에서도 나쁜 짓을 하는 것은 대체로 너구리다. 일설에 의하면 고보대사에게 쫓겨난 여우가 시코쿠에서 사라졌다고 하는데, 아무래도 그것은 아닌 것 같다. 이야 지역의 엽사들은 털가죽을 얻을 목적으로 여우사냥을 하고 있고 그 모습도 극히 자연스럽게 마을에서 발견되고 있다. 그렇다면 어째서 여우가 나쁜 짓을 하지 않고 너구리만 할까. 그 해답은 알 수 없다.

*

이야 지역 교조(京上, 도쿠시마현 미요시시의 마을명-역주)에서 민박집을 경영하는 니시타니 기요시(西谷清), 지카코(千賀子) 부부에게 이야기를 들어보았다.

"옛날에는 꼬불꼬불한 산길을 걸어가는 게 보통이었지요. 밤에는 제등을 들고서 걸어야 하는데 그게 갑자기 꺼지면 '이쪽으로 오렴, 이쪽으로 오렴'이라는 소리에 그대로 다리에서 떨어져 몇 사람이나 죽거나 큰 부상을 당했답니다. 그건 너구리 탓이라고 하지요."

다리를 건너려고 하면 이유는 모르겠으나 두 개가 놓여 있다. 어느 쪽인가는 너구리의 짓궂은 장난으로 환영에 불과한 다리다. 익숙한 사람이라면 그럴 때 당황하지 않고 발언저리에서 작은 돌 하나를 집어 든다. 그리고 두 다리 중 하나에 돌을 던진다. 진짜라면 소리가 나고 가짜라면 그대로 강으로 떨어져간다.

산속에 아무도 없는데 나무를 자르는 소리가 나거나 돌이 굴러 떨어지는 소리가 나서 깜짝 놀라는 경우가 있는데, 이것도 너구리 탓인 모양이다. 소리와 관련된 장난에 관해서는 도호쿠 지방과 마찬가지다.

*

너구리가 가장 선호하는 나쁜 장난 중 하나가 '추월할 수 없는 사람'이다. 이것은 기요시 씨 친구의 경험이다.

"비가 내리는 밤, 친구가 우산을 쓰고 걷고 있었어요. 이야 마을 안에 있는 현도 23호선에 이렇게 꼬불꼬불한 길로 된 곳이 있는데요······."

캄캄한 밤길을 걷고 있는데 자기 앞쪽으로 사람의 그림자가 보였다. 향하고 있는 방향은 같고 아무래도 여자인 것 같았다.

"아, 저렇게 걷는다면 다음 커브 부근에서 추월할 수 있겠는걸."

그렇게 생각하면서 걸음을 서둘러 커브에 다다랐다.

"어라? 없네?"

커브를 빠져나가 시야가 확보되자 거기에 있어야 할 여성의 모습이 없다. 주위를 둘러보고 놀랐다. 우산을 쓴 여성은 아주 멀리 앞서 걷고 있다. 시야에서 사라진 그 잠깐 사이에 뛰어갔단 말인가? 그것도 전속력으로?

"다음 커브가 다가올 무렵에 거의 따라잡을 수 있는 상태가 되어 다시 커브를 돌면 이번에도 저 멀리 앞쪽을 걸어가고 있었다고 해요."

커브를 돌 때마다 마치 워프(warp)라도 한 것처럼 이동하는 여성. 세 번이나 같은 일을 반복해, '아, 이것은 너구리 소행이네'라고 친구는 생각했다고 한다.

*

유사한 이야기는 무가저택(武家屋敷, 일본어로 '부케야시키'로 무사 가문의 가옥-역주)이 있는 오에다(大枝) 마을에서도 들었다. 이전에 무가저택의 관리를 했던 고마쓰 하쓰코(小松ハツ子) 씨의 이야기다.

"마을 대표 분은 토목 공사를 하는 사람이었지요. 그 사람이 일을 마치고 동료와 함께 산길을 걸어가고 있었다고 해요."

산길에 익숙한 강골의 두 사내가 보게 된 것은, 앞을 가는 제등 불빛이었다. 그 걸음걸이가 느려서 제등의 주인은 여자라고 여겨졌다. 당장이라도 추월할 수 있을 것 같았는데…….

"그런데 도저히 추월할 수 없었다고 해요. 해괴하다고 생각해 조금 빨리 걸어봐도 구부러지는 모퉁이를 지나서 앞을 보면 그 제등이 훨씬 앞으로 가 있대요. 그러다 보니 점점 기분이 허전해지기 시작하더래요. 이것은 필시 너구리 탓이라는 이야기였지요."

*

고마쓰 씨의 숙부님은 상당히 용맹한 분이라 너구리를 내던져 죽인 적이 있다. 어느 밤에 일어난 일이었다. 숙부님이 친구와 둘이서 마을 안에 있는 길을 걷고 있는데 한 여성이 나타났다. 뿌연 제등 불빛 안에 떠오른 것은 실로 아름다운 여성의 모습이다. 두 사람은 마치 마법에라도 걸린 것처럼 서로에게 빨려 들어갔다.

"상당한 미인이었다고 해요. 다가오자 숙부님이 그 사람의 손을 잡았거든요."

단순하게 여자를 밝히는 마음이다. 그러나 손을 잡은 순간 숙부님은 갑자기 그 여자를 단숨에 번쩍 들어 올려 곧바로 메다꽂았다. 그녀는 그대로 골짜기로 나가떨어졌다. 새파랗게 질린 것은 오히려 숙부님의 친구였다.

"이, 이봐, 지금 무슨 짓이야! 야단났잖아!"

벌벌 떨며 말한다. 그러나 당사자인 숙부님은 태연한 얼굴로 응수한다.

"날이 밝은 후 잘 살펴보면 알겠지."

다음날 아침 강가로 내려가 보니 거기에는 커다란 너구리가 죽어 있었다.

"옛날에는 그런 일이 자주 있었다니까요. 속아서 죽은 사람도 엄청 많았지요. 지금은 더 이상 그런 일은 전혀 없지만요. 늙은 너구리가 없어졌기 때문이겠지요. 젊은 너구리는 사람을 속이는 게 무리일 거예요."

너구리 역시 베테랑의 힘은 만만치 않은가 보다.

이누가미 집안

시코쿠에서 빙의되는 것이라면 이누가미(犬神)가 가장 일반적이다. 이른바 여우가 들린 것과 비슷한 현상일 거라고 예상했는데, 아무래도 그렇지 않은 것 같다. 어디에서 오는지 알 수 없는 여우와 달리, 존재하는 곳(집)을 누구나 알고 있기 때문이다. 이런 점에서는 지치부(秩父) 지방 등에서 보이는 오사키(오자키, 오사키여우[오사키 기쓰네])와 비슷하다.

"어디어디는 이누가미님을 모시고 있는 집이니, 그곳 여자는 아내로 맞이해선 안 된다는 말이 있었지요."

이것은 많은 사람들에게 들었던 이야기다. 그러나 결코 기피 대상이 아니라 신성한 '모노'로 파악하는 측면도 있다.

오에다(大枝) 마을의 고마쓰 씨의 이야기다.

"예로부터 이누가미가 빙의한 집과는 싸움을 하면 안 된다는 말이 있었어요. 사이가 나빠도 안 되고, 너무 좋아도 안 되고. 그것이 이누가미 집안과 사귀는 방식이지요."

이것은 지치부 지방에서 들었던 '오사키(オサキ)'와 마찬가지다. '오사키' 집안의 사람은 힘이 있기 때문에 다툼을 일으키지 말라고 한다. 이것은 단순한 우연일까.

*

이누가미를 모시는 집안에는 독특한 습관이 있는 모양이다.

"이누가미님을 함부로 대하면 집을 나와 이웃에 해를 끼쳐요."

"집에서 나가버리나요? 다른 집에 가서 눌러 살아요?"

"아니요, 그렇지 않아요. 집에서 벗어나지는 않아요. 그곳은 이누가미 집안인걸요."

요컨대 제대로 대접해주지 않으면 밖에 나가서 나쁜 짓을 하는 모양이다. 실제로 이누가미에게 들렸다는 이웃집 여자가 날뛰기 시작한 적이 있었다. 여섯 명의 사내가 가로막았지만 아랑곳하지 않고 간단히 뛰어넘었다고 한다. 이런 경우가 종종 마을 안에 있었다고 한다. 원인은 이누가미 집안이 이누가미를 제대로 모시지 못했기 때문이다.

"이누가미님에게는 팥밥을 지어 공양해야 해요. 주변도 깨끗이 치워 좋은 마음으로 계실 수 있게 해드려야 해요. 그렇지 않으면 화를 내면서 집을 뛰쳐나가버린다니까요. 그러면 주변 사람에게 민폐를 끼치니, 큰일 나요."

어쩌면 이누가미란 원래 부랑자 신이었을지도 모른다. 그것을 특정 집안이 떠맡아 모심으로써 마을 전체의 안전으로 이어졌던 게 아닐까. 원래는 산속을 제멋대로 떠도는 이누가미를 한정된 공간에 가둬두면, 모두들 안심하고 산에 올라갈 수 있다는 고육지책이었을지도 모른다.

야마미사키

산속에서 갑자기 불쾌한 기분이 들면서 등줄기가 오싹할 때가 있다. 오에다(大枝) 마을의 고마쓰 하쓰코(小松ハツ子) 씨가 갑자기 오싹했던 이야기다.

"마을 동료와 지붕을 이을 때 쓰는 '띠'를 베러 간 적이 있었어요. 등에 한가득 띠를 지고 때마침 초원을 걷고 있는데, 갑자기 불쾌한 기분이 들면서 등줄기가 오싹했어요."

땀을 흘리면서 걷고 있는데 초원이 소리 없이 갈라지는 것이 보였다. 마치 살아있는 생물이 풀들을 가르면서 앞으로 나아가는 것만 같았다. 그러나 그럴 만한 동물의 모습은 전혀 보이지 않는다.

"대체 뭐지? 저건?"

개의치 않으며 앞쪽으로 걸어가는데 문득, 풀들을 가르며 오른쪽에서 밀려든 '흐름'이 자신과 부딪혔다. 아니, 부딪히는 감촉은 전혀 없었다. 단, 그것과 교접하는 순간 불쾌한 기분이 들면서 등줄기가 오싹했던 것이다. 고마쓰 씨는 갑자기 몸이 무거워지면서 나른함을 느낀다. 하지만 어떻게든 동료들이 지탱해주어서 집까지 도착했는데, 도착하자마자 그대로 고열을 내면서 잠들어버렸다.

"필시 '야마미사키(ヤマミサキ)'일 거라며 다유님(신사의 간누시[神主], 주술사[퇴마사])을 불러 퇴마 의식을 치렀더니 좋아졌습니다. 교통사고나 마찬가지지요. 우연히 내가 걸어가던 방향과 야마미사키가 나아가는 방향이 같아서 부딪혀버린 거예요."

바람도 없는데 풀이 갈라지면서 앞으로 나아가기 시작하면 그것은 필시 '야마미사키'다. 아무쪼록 멈춰 서서 길을 양보하는 편이 현명할 것이다.

*

다른 산촌과 마찬가지로 이야 지역도 옛날엔 시신을 땅에 묻었다. 근대적인 화장장이 만들어지고 나서도 한동안 매장이 이루어졌다고 한다.

"우리 할머니는 화장당하는 것이 무척이나 싫었던 모양이에요. 당신이 죽으면 절대로 화장하지 말고 땅에 묻어달라고 당부하셨지요. '만약 날 화장해버리면 귀신이 되어 나타날 테니, 알아서 해!'라는 소리까지 하셨지요. 불에 태워지는 것이 어지간히 싫으셨던 모양이에요."

할머니의 협박 덕분에 그 당시로선 드물게 땅에 묻히셨다. 그러고 나서 얼마 후 조상 대대로 내려온 묘지를 하나로 모아야 할 상황이 되었다. 몇 개나 되는 매장묘에서 많은 뼈들을 꺼내 하나의 묘지에 넣어 공양을 수월하게 하기 위해서였다.

"그때 오래된 뼈가 엄청 나왔는데, 할머니 것은 아직 덜 오래되었지요."

즉 아직은 인간을 느끼게 해주는 부분이 많아 남아 있었다는 말인가……꿈에 나올 것 같다.

할머니와 사무라이

이야 지역 동쪽 끝에 위치한 것이 쓰루기산(劍山)이다. 도쿠시마현 최고봉인 쓰루기산(1,955m) 기슭에서 민박집을 운영하는 분에게 이야기를 들어보았다.

"우리 친척 중 남자 아이가 오토바이를 타고 스게오이(菅生, 도쿠시마현 미요시시-역주) 길을 달리고 있었어요."

어느 밤의 일이다. 그는 휴가기간 동안 도대체 뭘 할까 고민하다가, 산길을 스쿠터로 질주하기로 했다. 중간에 마을의 자동판매기에서 산 음료수를 손에 들고 어두운 밤길을 달린다. 앞에서 오는 차가 하나도 없는, 자기 혼자만의 길을 달리는 것은 각별한 기분이었다. 스피드를 늦추고 손에 들고 있던 캔 커피를 단숨에 목에 털어 넣은 다음, 빈 용기를 내던지는 동시에 액셀을 밟아 가속한 순간이었다.

"뭐지?"

갑자기 등이 무거워졌다. 뭔가가 올라타 누르고 있는 게 틀림없다. 불쾌한 느낌이 들었지만 도무지 확인할 길 없는 상황에서 고개를 옆으로 돌렸다가, 경악하고 만다. 노파의 얼굴이 보였기 때문이다. 노파의 얼굴이 당장이라도 키스를 당할 정도로 가까이 다가와 있는 게 아닌가! 마치 도쿠시마 명물인 고나키지지(子泣き爺, 도쿠시마 미요시시에 전해 내려오는 할아버지 모습을 한 요괴로 밤길에 나타나 갓난아이 울음소리를 냄-역주)처럼, 그의 등에는 '할머니'가 찰싹 달라붙어 있다.

"당황하지 마, 당황하지 마, 당황하지 마."

핸들 조작을 잘못하다간 까딱하면 강으로 떨어져 버릴 것이다. 한동안 그는 필사적으로 운전을 계속했는데 다음 마을이 다가왔을 무렵, 등이 가벼워져 있는 것을 알 수 있었다. 뒤를 돌아다봐도 노파의 모습이 없었다.

"빈 캔을 내던져 버린 곳이 마침 묘지였던 모양이에요. 분명 누군가의 묘지를 명중시켰던 게 아닐까요."

*

그는 산에서 일을 하고 있는데, 작업 현장에서도 신기한 광경을 목도한 적이 있다. 산속의 풀 제거 작업을 부탁받았을 때의 일이다. 마침 그 날은 혼자서 작업하고 있었는데 갑자기 묘한 냄새가 주변에 가득 찬 것을 느꼈다.

"뭐지? 이 냄새는?"

산속에서는 거의 맡아본 적이 없는 냄새다. 굳이 말하자면 좋지 않은 냄새였는데, 죽은 동물의 냄새와는 또 달랐다.

'킁킁'

냄새가 나는 원인을 추적해 가다 보니, 나무들 사이에서 소리가 들려왔다. 금속이 부딪히는 소리, 이것도 산속에서는 거의 들어보지 못한 소리였다. 소리 나는 쪽으로 좀 더 다가가자 믿을 수 없는 광경이 펼쳐졌다.

"사무라이였어요. 사무라이가 서로 칼을 휘두르고 있었지요. 칼과 칼이 부딪히는 소리가 산에 울려 퍼지고 있었던 모양이에요."

사무라이의 정체는 알 수 없었지만 그는 싸움에 휘말리지 않도록 뒷걸음질 치며 현장에서 도망쳤다. 어쩌면 이야 지방에서 전해져오는 헤이케 가문 패잔병 전설은 사실이었을지도 모른다. 그들은 아직도 이 산속에서 계속 전투를 하고 있는 것일까.

우아한 가락

숲속에서는 실로 다양한 소리가 들린다. 바람에 일렁이는 나무들, 아득히 머리 위에서 서로를 향해 지저귀는 새들, 풀숲 밑을 걷고 있는 작은 동물, 그 모든 것들이 숲속에 마냥 존재하기 때문에 전혀 이상한 일이 아니다. 그러나 실제로는 전혀 설명이 불가능한 소리도 제법 들려온다고 한다.

고치현(高知県) 아키시(安芸市)의 나가노 히로미쓰(長野博光) 씨의 이야기다. 숯을 구웠던 할아버지의 오두막에서 체험한 사건이다.

"산 위에 할아버지의 숯 오두막이 있어서 어린 시절 자주 놀러갔었어요. 어느 날 오두막에 갔더니 할아버지는 계시지 않았지요. 그런 일도 더러 있었기 때문에 혼자서 놀고 있었어요. 그랬더니 피리 소리가 들려오기 시작했어요."

피리소리 음색이 주변에 울린다. 처음엔 누가 피리를 분다고만 생각하면서 계속 놀았던 나가노 소년은, 문득 생각했다.

"저건 대체 누굴까? 저렇게 잘 부는 사람이 우리 마을에 있었던가?"

피리의 가락이 너무나도 유려했다. 마을 마쓰리에서 들었던 소리와는 완전히 차원이 다른, 신성함마저 느끼게 해주는 피리소리에 나가노 소년은 공포를 느끼며 그 자리에서 도망쳤다.

*

이 이야기를 어느 작가에게 했더니…….

"아, 그런 일은 나도 경험한 적 있어요. 내게 들렸던 것은 아악(雅樂)이었지만."

그는 야마나시현(山梨県)에 살면서, 글을 쓰는 틈틈이 산에 올라가 산책하거나 계류낚시를 주로 즐기는, 부럽기 그지없는 라이프 스타일을 즐기고 있다. 어느 날 계류낚시를 하러 나선 그가 낚싯대를 흔들거리며 계곡을 걷고 있는데, 어딘가에서 우아한 가락이 들려왔다.

"저건……아악(雅樂)? 어째서 이런 곳에서 아악소리가 들리지?"

평일이기도 했고 다른 낚시꾼도 없었다. 자주 오는 계곡이지만 아악이 들렸던 적은 당연히 한 번도 없었다. 참 신기한 일도 다 있다고 생각했는데, 그에게는 한 가지 짐작이 가는 바가 있었다.

"거기에서 그다지 멀지 않은 곳에 지인이 살고 있었거든요. 그 사람이 카세트플레이어 같은 것을 가지고 와서 음악을 틀고 있는 게 아닐까 싶었지요."

훗날 지인에게 그 이야기를 하자,

"그런 바보 같은 짓을 내가 할 리 있겠어?"

라고 한마디 내던질 뿐, 상대도 해주지 않았다. 피리 소리며 아악의 가락이며, 예로부터 전해내려 오던 일본 고유의 악기나 선율이다. 어쩌면 이런 음악은 일본의 자연, 특히 삼림으로부터 받은 영적 감각을 통해 얻어진 것일지도 모른다.

*

야마나시현에 거주하는 작가 분은 계류낚시를 한참 하고 있다가 또 하나의 신기한 사건을 겪었다.

"계곡에 들어가 낚시를 시작했어요. 얼마 지나 정신을 차리고 보니, 뒤쪽에서 세 명의 사내가 내 쪽을 물끄러미 보고 있더라고요."

낚시에 갤러리(구경꾼)가 있다고 해도 별반 이상한 일은 아니다. 그러나 누가 보고 있으면 정신이 분산되고 집중이 되지 않으니 딱히 기쁠 리도 없다. 귀찮다고 생각하면서 계곡을 거슬러 올라간다. 한참 지나 뒤를 돌아보니 그 사내들은 같은 거리까지 따라오고 있었다.

"뭐야? 저 작자들은? 진짜 귀찮은 자들이네……."

가볍게 분노하면서도 위화감을 느꼈다. 이유가 뭘까 싶어서 잘 살펴보니, 사내들의 모습은 산속과 전혀 어울리지 않았다.

"산속을 걷고 있는 모습이 주변 경치와 전혀 어울리지 않는 거예요. 그래서 잘 살펴보니, 그 자들이 양복 정장 차림이더라고요. 그런 차림새로 계곡가를 걷고 있는 거지요."

무표정한 사내들은 그 다음에도 한동안 그의 뒤를 따라온다. 께름칙한 기분에 휩싸인 그는 속도를 높여 의문의 남자들을 제쳐버렸다.

"그건 대체 뭐였을까요? 정말로 인간들이 그냥 쳐다보기만 했을지도……아니, 그건 달랐어요. 역시 산괴일까요? 그건?"

후기─기이함과 함께 하는 법

15년 정도 전에 고치현(高知県) 유스하라정(檮原町)에서 들은 이야기다. 어느 농가에서 취재를 하고 있는데 문득 '히토다마'를 본적이 있다면서 그 사람이 말을 꺼냈다.

"중학생 무렵이었을 거예요. 마침 이 밭 아래에 있는 길을 밤에 걷고 있는데, 히토다마가 빛나고 있었지요. 크기는 농구공보다 약간 큰 느낌이었어요."

그는 그 물체를 보고 발이 움찔했다. 처음 보는 히토다마에 전신이 경직되는 것을 느낄 수 있었다.

"엄청나게 무서웠어요. 하지만 그곳을 지나치지 않으면 집으로 돌아갈 수 없었으니까요. 큰일이 난 거지요. 그게, 뭐였다고 생각해요?"

"뭐였지요?"

"반딧불이에요. 반딧불이 뭉쳐서 구슬이 된 거예요."

"그래요? 반딧불이었어요?"

이야기는 이것으로 끝났지만, 지금 생각해봐도 뭔가 납득이 가지 않는다. 반딧불 빛은 연약하고 명멸한다. 그것이 과연 농구공 크기로 뭉쳐서 빛날 수 있을까? 그는 반딧불이라고 결론을 짓고 있지만 결코 그 구슬을 헤집어서 그것이 반딧불이라는 사실을 확인했던 것은 아니다. 이 근처에서 밤에 빛나는 것이라곤 반딧불 정도밖엔 없었기 때문에 그것이 반딧불이라고 인식했던 것이다. 실은 환히 빛나는 그 신비한 구슬의 정체는 여전히 명확하지 않다. 때문에 그는 반복해서 스스로에게 말하고 있다.

'저건 반딧불이다'……라고.

직접 마주쳤던 스스로가 가장 납득하지 못하기 때문에, 자기암시를 걸 필요가 있을 것이다.

'저건 반딧불이다'……라고.

신기한 '모노'를 보거나 신기한 일을 경험하면 사람은 누구나 불안해진다. 여행을 하다가 방문한 곳이라면 어쩌다 한 번 있는 사건이기 때문에 아무런 문제도 없다. 그러나 만약 매일같이 발걸음을 할 곳이라면 어떨까. 내일도 그곳에 가서 또다시 두려운 일을 당하지 않을까 생각한다면, 보통 일이 아닐 것이다. 일이 손에 잡히지 않는다. 그럴 경우를 방지하기 위해서라면 공포를 제거할 필요가 있다.

"그건 차의 라이트가 반사된 거야."

"산새가 날았겠지."

"이동판매 소리가 울린 거야."

"동물이 있었어."

"정전기 탓이야."

온갖 이유를 달아 신기한 일 따윈 존재하지 않는다고 철석같이 믿는다. 특히 가장 강한 것은 '착각이다'이다. 모든 것이 착각 때문에 그렇게 보인다, 그렇게 느낀다, 그러니 실은 무서운 '모노' 따윈 절대로 있을 리 없다, 라고 말하는 사람이 적지 않다.

하지만 정말로 착각이나 다른 이유라고 결판이 났다면, 그것으로 끝이 났을 것이다. 그런데 기억에서 사라지지 않는다. 때때로 그것이 뭐였더라, 하고 떠올리며 그것을 타인에게 이야기하기도 한다. 그리고 마지막으로 '그건 착각이었다'라고 재확인하려고 한다.

평생 동안 몇 번이나 이 작업을 반복하는 것이야말로 괴이함을 인정하는 증거이지 않을까. 개중에는 완전히 기억에서 지워버린 사람도 있다. 그러나 그것이 어떤 계기로 문득 입에서 튀어나오는 경우도 있다. 그럴 때는 당사자 본인이 가장 놀라기 마련이다.

세상에는 괴이함을 진심으로 완벽히 부정하는 사람이 있다. 이것은 분명한 사실이다. 세간에는 신기한 일이나 무서운 일 따위 존재하지 않는다고, 그런 것이 혹여 있다면 꼭 경험해보고 싶다고, 호언장담하는 사람이 있다. 그리고 그들은 주변 사람에게도 큰소리로 말한다. 무서운 '모노'를 보거나 느끼는 자들은 겁쟁이니까 못 말린다고…….

과연 정말로 그럴까? 나는 이런 난폭한 의견에는 물론 찬성하기 어렵다. 인간이 도저히 짐작하기 어려운 영역은 분명 적지 않게 존재하며, 그것에 대해 경외감을 품는 행위는 인간으로서 필요하다고 생각하기 때문이다. 세상은 발전한다. 과거엔 평범했던 것들이 미신이라고 치부되기도 한다. 당연히 배제되어야 할 미신도 있지만, 그렇지 않은 것도 있기 마련이다. 사람들 각자가 가지고 있는 척도로 그것을 정확히 파악할 수는 있다. 당연히 개인차가 크다. 결국 괴이함이란 개인 내면에 존재하는 것일지도 모른다.

산괴 2

-산에 얽힌 기묘한 이야기-

초판 1쇄 인쇄 2023년 2월 10일
초판 1쇄 발행 2023년 2월 15일

저자 : 다나카 야스히로
번역 : 김수희

펴낸이 : 이동섭
편집 : 이민규
디자인 : 조세연
영업 · 마케팅 : 송정환, 조정훈
e-BOOK : 홍인표, 서찬웅, 최정수, 김은혜, 이홍비, 김영은
관리 : 이윤미

㈜에이케이커뮤니케이션즈
등록 1996년 7월 9일(제302-1996-00026호)
주소 : 04002 서울 마포구 동교로 17안길 28, 2층
TEL : 02-702-7963~5 FAX : 02-702-7988
http://www.amusementkorea.co.kr

ISBN 979-11-274-5107-3 04830
ISBN 979-11-274-5433-3 04830(세트)

Sankai II
First published in Japan 2017.
©2017 Yasuhiro Tanaka Published by Yama-Kei Publishers Co., Ltd. Tokyo, JAPAN

창작을 위한 아이디어 자료

AK 트리비아 시리즈

-AK TRIVIA BOOK

환상 네이밍 사전
의미 있는 네이밍을 위한 1만3,000개 이상의 단어

중2병 대사전
중2병의 의미와 기원 등, 102개의 항목 해설

크툴루 신화 대사전
대중 문화 속에 자리 잡은 크툴루 신화의 다양한 요소

문양박물관
세계 각지의 아름다운 문양과 장식의 정수

고대 로마군 무기·방어구·전술 대전
위대한 정복자, 고대 로마군의 모든 것

도감 무기 갑옷 투구
무기의 기원과 발전을 파헤친 궁극의 군장도감

중세 유럽의 무술, 속 중세 유럽의 무술
중세 유럽~르네상스 시대에 활약했던 검술과 격투술

최신 군용 총기 사전
세계 각국의 현용 군용 총기를 총망라

초패미컴, 초초패미컴
100여 개의 작품에 대한 리뷰를 담은 영구 소장판

초쿠소게 1,2
망작 게임들의 숨겨진 매력을 재조명

초에로게, 초에로게 하드코어
엄격한 심사(?!)를 통해 선정된 '명작 에로게'

세계의 전투식량을 먹어보다
전투식량에 관련된 궁금증을 한 권으로 해결

세계장식도 1, 2
공예 미술계 불후의 명작을 농축한 한 권

서양 건축의 역사
서양 건축의 다양한 양식들을 알기 쉽게 해설

세계의 건축
세밀한 선화로 표현한 고품격 건축 일러스트 자료집

지중해가 낳은 천재 건축가 -안토니오 가우디
천재 건축가 가우디의 인생, 그리고 작품

민족의상 1,2
시대가 흘렀음에도 화려하고 기품 있는 색감

중세 유럽의 복장
특색과 문화가 담긴 고품격 유럽 민족의상 자료집

그림과 사진으로 풀어보는 이상한 나라의 앨리스
매혹적인 원더랜드의 논리를 완전 해설

그림과 사진으로 풀어보는 알프스 소녀 하이디
하이디를 통해 살펴보는 19세기 유럽사

영국 귀족의 생활
화려함과 고상함의 이면에 자리 잡은 책임과 무게

요리 도감
부모가 자식에게 조곤조곤 알려주는 요리 조언집

사육 재배 도감
동물과 식물을 스스로 키워보기 위한 알찬 조언

식물은 대단하다
우리 주변의 식물들이 지닌 놀라운 힘

그림과 사진으로 풀어보는 마녀의 약초상자
「약초」라는 키워드로 마녀의 비밀을 추적

초콜릿 세계사
신비의 약이 연인 사이의 선물로 자리 잡기까지

초콜릿어 사전
사랑스러운 일러스트로 보는 초콜릿의 매력

판타지세계 용어사전
세계 각국의 신화, 전설, 역사 속의 용어들을 해설

세계사 만물사전
  역사를 장식한 각종 사물 약 3,000점의 유래와 역사

고대 격투기
  고대 지중해 세계 격투기와 무기 전투술 총망라

에로 만화 표현사
  에로 만화에 학문적으로 접근하여 자세히 분석

크툴루 신화 대사전
  러브크래프트의 문학 세계와 문화사적 배경 망라

아리스가와 아리스의 밀실 대도감
  신기한 밀실의 세계로 초대하는 41개의 밀실 트릭

연표로 보는 과학사 400년
  연표로 알아보는 파란만장한 과학사 여행 가이드

제2차 세계대전 독일 전차
  풍부한 일러스트로 살펴보는 독일 전차

구로사와 아키라 자서전 비슷한 것
  영화감독 구로사와 아키라의 반생을 회고한 자서전

유감스러운 병기 도감
  69종의 진기한 병기들의 깜짝 에피소드

유해초수
  오리지널 세계관의 몬스터 일러스트 수록

요괴 대도감
  미즈키 시게루가 그려낸 걸작 요괴 작품집

과학실험 이과 대사전
  다양한 분야를 아우르는 궁극의 지식탐험!

과학실험 공작 사전
  공작이 지닌 궁극의 가능성과 재미!

크툴루 님이 엄청 대충 가르쳐주시는
크툴루 신화 용어사전
  크툴루 신화 신들의 귀여운 일러스트가 한가득

고대 로마 군단의 장비와 전술
  로마를 세계의 수도로 끌어올린 원동력

제2차 세계대전 군장 도감
  각 병종에 따른 군장들을 상세하게 소개

음양사 해부도감
  과학자이자 주술사였던 음양사의 진정한 모습

미즈키 시게루의 라바울 전기
  미즈키 시게루의 귀중한 라바울 전투 체험담

산괴 1
  산에 얽힌 불가사의하고 근원적인 두려움

초 슈퍼 패미컴
  역사에 남는 게임들의 발자취와 추억